カノジョの妹とキスをした
I kissed My Girlfriend's Little Sister

翌朝。
俺の意識は嗅ぎなれない匂いによって微睡みから引き上げられた。
味噌の匂い。

キッチンに視線をやると、
味噌汁を鍋にかけている
俺の妹の姿があった。

「フフ、お顔から余裕がなくなってきましたね」

「ゔ……」
これヤバイ……！
やってることは手を洗ってる
だけなのに、すげえエロイこと
してる気分になってきた！

「好き……」

カノジョの妹とキスをした

I kissed My Girlfriend's Little Sister

Contents

presented by MISORA RIKU　illust. SABAMIZORE

カノジョの妹とキスをした。

海空りく

GA文庫

カバー・口絵・本文イラスト

さばみぞれ

第一話　はつこい×プレリュード

彼女欲しい！

年頃の男子ならみんな考えることだろう。

俺こと佐藤博道も中学二年生くらいから毎日考えていた。

とはいえ現実はままならないもの。

ルックス、中の下。

運動能力、中の下。

際立った才能、特になし。

学業成績だけはそれなりだが、単純に勉強時間を多くとっているだけで、地頭はむしろ悪い方だろう。

そんなんだから中学三年通して、結局彼女無し。

いやそれどころか女子に連絡事項以外で話しかけられたことあったっけ？　という始末。

小学校の頃は異性の友達とかも居たんだけどなぁ。

五年生くらいから妙に女子と接することが気恥ずかしくなり、距離をとるようになって、気が付けばこの有様だ。


こういうのを『こじらせた』って言うんだろう。

そう俺はこじらせてしまった。こじらせたまま中学生活を終えてしまったのだ。

三年間を振り返って、この灰色っぷりには流石に俺も焦った。

このままでは一人の恋人も出来ないまま学生時代が終わってしまうのではないか、と。

それは嫌だ。嫌だった。


メッッッッッッチャッ、彼女欲しい!!


別に今誰かが好きというわけじゃないけど、欲しい。

好みのタイプとかがあるわけでもないけど、それでも欲しい。

ていうかだ、
俺は俺を好きになってくれる子がいたら、その子を世界で一番好きになる自信がある!!

俺は俺のことが好きな子が大好き。

誰だってそうだよな?

だから俺はそんなシンデレラを見つけるため、高校進学を機に今度こそはと意気込んだ。

でも、その分不相応な意気込みは最初の一ヵ月も続かなかった。

まずは挨拶(あいさつ)からと話しかけるも、振り向きざまに向けられる訝(いぶか)しむような、探るような、ようするに『何コイツ誰コイツ』的な女子の視線を前に二の句が継げなくなる。

交友関係の広い友達を頼り輪に入れてもらうも、三年間もまともに接点を持ってこなかった女子という生物がどういう話題を主食とするのかがわからず相槌(あいづち)を打つだけ。

どうやら女子との協調性というスキルを手に入れるには女子との協調性というスキルが必要だったらしい。Oh My God.　なんですかこのクソゲーは。デバッグくらいしやがれ。

まあ――、そんなかんじで、

結局俺の高校生活一年目は灰色のまま過ぎ去ったわけだ。

「フゥ～ンフフンフル～ルル～～～～♪」

でも、これまでの話は全部過去のこと。

俺は今、鼻歌を歌いながら高校二年春の通学路を弾むような足取りで歩いている。

桜も散り、夏を間近に控えた街は、鮮やかに色付き始めた緑が朝露に濡れて輝いている。

こんな素晴らしい世界を灰色だと思っていたなんて、今では信じられない。

どういう心境の変化だって？　そりゃもちろん――


彼女が出来たから。

彼女が出来たから！

彼女が、出来たんですッ!!　このッ、俺にッ!!


大切なことなので二回言うつもりが若干オーバーランしてしまった。

人生はじめてのことで舞い上がってるんだ。大目に見てほしい。

もちろん俺が誰かに告白したわけじゃない。

自慢じゃないがそんな勇気はない。

高校のスタートダッシュに失敗し、男友達とダラダラするいつも通りの華のない一年を過ごし進級したばかりの頃、女子から告白されてしまったのだ。


相手は、同じ小学校から別の中学に行き、高校で再会した同い年の女子（といっても俺は特進、彼女は普通科と、学科が違ったので俺は告白されるまで彼女の存在に気付かなかったのだが）。

学童保育で出会ったとき、一人孤立していたその子に声をかけたのは覚えていたが、まさか小学生の頃に立てたフラグが今になって回収されるとはな。


かくして告白された瞬間、俺の人生の４Ｋ放送が始まった。

いや色だけじゃない。

あの一ヵ月前の日から、世界の何もかもが一変した。

今まで排ガスの匂いくらいしか感じなかった通学路の空気からは、青々とした命の香りを感じるようになったし、陰鬱な一日の始まりを告げる始業ベルは彼女との一日の始まりを知らせる福音に変わった。学食のうどんも彼女と一緒に食べると出汁に深みが加わったように感じる。


「んでさー。チア部のリコの奴がどーしてもって言うから部屋に行ったんよ」

「へーへー！　で、どうだったんよ？　どうせヤッたんだろ？」

「キッツキツ。やっぱ運動部は良いわ～」

今までなら嫉妬で悶絶しそうになったクラスの陽キャどもの会話も、笑顔で聞ける。

うんうん。わかる。恋愛はいいよね。青春の醍醐味だ。お互い頑張ろうぜ兄弟。

そんな穏やかな気持ちになれるのだ。


「あれ？　でも相沢、おめー吹部の飯村真央と付き合ってたジャン。別れたの？」

「飯村じゃなく曾我部じゃねー？」

「いやどっちとも別に付き合ってねーよ。あのレベルの女にオレがマジになるとかねーから」

「えー？　どっちもわりと顔面偏差値高めじゃねー？」

「釣り合いってもんがありますよね？　このオレとの。こっちは毎日女どもからＬＩＮＥバンバン入ってきて大変なのに、二、三回ヤッただけで彼女ヅラしてくる女とかノーサンキューです」


前言撤回。やっぱ死なねえかなコイツら。


……まあそんな具合に、たまにイラっとすることもあるが、この一ヵ月、俺の高校生活はかつてないほど楽しく輝きに満ちていた。

きっとそれは、俺が物事の多くに対して肯定的な見方ができるようになったからだろう。

それもこれもすべては彼女のおかげだ。

自分を肯定してくれる彼女がいるから、俺も他者を肯定する勇気を持てた。

俺にそんな勇気をくれた彼女を、これから紹介したい。

俺は今、放課後の図書室で一人、彼女の到着を待っている。

彼女は俺と違って部活動をしているので、一緒に下校するには部活が終わるまで待たなければならないのだ。

俺はちらちらと図書室の入り口を窺(うかが)いながら宿題を片付ける。

そんな時間がずっと続いて、ふと気になった俺はスマホの時刻に目を向けた。

時刻は18時10分。……10分？

約束の時間は18時のはずだ。

でも入り口の扉は閉じられている。

彼女はやってきていない。どうして。

もしかして今までの全部モテない男の夢だったんじゃ――

「ひーろみちくん」

「うわひゃっ⁉」

突然うなじに凍り付くような冷たい感触が這う。

びっくりして振り返ると、そこには俺が待ち焦がれていた女の子が缶ジュースを片手に無邪気な笑みを浮かべて立っていた。

目鼻立ちのクッキリした端正な美貌。

肩口まで伸びるすこし濡れた髪。

俺より少し低い背と、明らかに高い位置にある腰。

まるでティーン誌の表紙から出てきたような、そう頻繁には見ないレベルの美少女。


この子こそが俺の彼女、才川晴香だ。


……よ、よかった。夢じゃなかった。

非モテをこじらせすぎて、今でもたまに自分が晴香のような美少女に告白されるなんて都合のいい夢なんじゃないのかとたまに不安になってしまうのだ。

「あはは。ビックリした？　待たせてごめんね。練習が思ったより長引いちゃって。これお詫びのジュースでございます。お納めください」

「いや大丈夫、俺も今来たところだから」

「……この状況で今来たところはないでしょ」


ちらりと晴香の視線が机の上に向けられる。

そこには俺のノートや教科書が当たり前に散らばっていた。

ぐあー。

ほんとだよ。この状況で今来たトコって無理がありすぎるだろ。少し考えればわかるじゃん。

なんでイチイチいいカッコしようとするかな俺は。

恥ずかしい。頬がかぁっと熱くなるのがわかる。

どうも晴香を前にすると緊張して頭も体も上手く働かなくなるのだ。

でも、

「優しいね。博道くんは」


そんなテンパってる俺を晴香は笑わない。

やさしい。好き。

顔もよくて性格もいい。

こんな完璧美少女に告白されるなんて俺は前世でどれほどの徳を積んだんだろうか。

前世の俺マジありがとう。


「じゃあ帰ろっか」

「お、おう。すぐ片付けるから！」

「あ。別に急がなくてもいいよー？」

「わかってる」


そう返事をしながら、俺は全速力で教科書や筆記用具を鞄にぶち込んだ。

晴香が傍に居るのに、こんな教科書どもに捕らわれてる時間はない。

それに、――今日はこの後、晴香との大切な約束があるのだから。


自習室から一緒に出た俺達は、夕焼けの廊下を並んで歩く。

二人の話題はその日学校であったことや、昨日見たテレビの話。

俺の好きなマンガのセールストークや、それを借りて読んだ晴香との感想会。

最近だと俺達の他に、俺の男友達二人を加えた四人でチームを組んでる『スプラ2』の話題と色々だ。

これだけだと男友達とあまり変わらないが、もちろん恋人っぽく週末前とかはデートプランの相談なんかもする。

ちなみに今日の話題は、晴香の部活の話だった。


「でね、最近部長や先生に良く褒められるの」

「それはなんて？」

「芝居に深みが出てきたって。ただの大根からよく味の染みた大根になってきたって」

「……それは褒められてるのか？」

「あはは。生煮えよりはいいでしょー」

「成る程、確かに」


晴香は演劇部に所属している。なんでも離婚した母親が俳優だったらしく（売れはしなかったそうだが）その影響を受けたとのことだ。

本人曰く下手の横好きとのこと。

だが見学で見た、汗でじっとり濡れた髪を頬に貼り付けながら、火を噴かんばかりに輝く瞳で練習に取りくむ晴香の姿からは、上手い下手はともかくとして彼女の情熱が『横好き』程度のものには収まらないことがハッキリと窺えた。

だから、俺は晴香から部活の話を聞くのが好きだった。

何かに一生懸命な人間は眩しく見える。

それが可愛い恋人なら、なおさらだ。

俺は晴香の話ならいつまでだって聞いてられるし、晴香とならいつまでだって話を続けられる。彼女と共有したいことが多すぎて、いつだって話題より時間の方が先に尽きてしまう。


でも、――今日は違った。


校門が近づくにつれて、俺達二人の口数は自然と少なくなっていく。

そして、校門を目の前に俺達は黙りこくり、……足を止めた。

――昨日交わした、特別な約束事。

校門がその境界線だからだ。

ちらりと晴香を窺うと、目が合う。

だが視線は絡み合うことなく解ける。

晴香が恥ずかしそうに視線を逸らしたからだ。

でも、その代わりに晴香の右手が隣に立つ俺に控えめに差し出される。

そう。

俺達は付き合い始めて約一ヵ月。

互いにもう少し頑張って距離を縮めようと話し合って、——今日という日を、初めて手を繋ぐ日に決めたんだ！

どちらかが押し付けたのではない、二人で決めたこと。

だから俺は晴香の白魚のような手を、手を、手を……勇気を振り絞って、握る！

ふうぉぉ……！

指に絡む感触に、心臓が跳ねた。

こ、これが女子の手か。

男のよりずっと細くて柔らかい。なにより、きめ細かい。

その感触の差に心臓がバクバクする。

晴香は、どう感じてるんだろう。

ちらりと窺えば、晴香もほんのり頬を赤らめていた。

「えへへ……、やっぱりちょっと恥ずかしい、ね」

「そ、そウ？（高音）」

そうか。晴香はちょっと恥ずかしいのか。ちょっとか。

当たり前だが俺の方はちょっとどころじゃない。

喉から謎の高音が飛び出すくらい緊張してる。

この一ヵ月で最初は一緒にいるだけでガチガチに緊張していた俺のチキンハートも流石に鍛えられ、普通の会話は取り繕うことなく自然体のまま出来るようになったけど、こういう異性を意識したやり取りになるとボロボロだ。

陽キャはまるで当然のように恋人ですらない女子と肩を組んだり抱き着いたりしてるが、あれはどういう神経をしていたら出来ることなんだろうか。宇宙人としか思えない。

と、俺がそんなことを考えていると、

「ごめんね。手をつなぐだけで一ヵ月もかかるなんてヘンだよね。でもあたし、男の子とこういう関係になるの初めてだから。緊張しちゃって……」

晴香が申し訳なさそうに顔を曇らせた。

どうやら言葉数が減った俺が不機嫌に見えたらしい。

違う！　緊張しすぎて何しゃべっていいかわからなくなっただけなんだ！

もちろん俺は慌ててフォローする。

「いやそれは俺も一緒っていうかっ、むしろこのくらいのペースじゃないとしんどいっていうか。それに手をつなぐのに一ヵ月もかかったっていうけど、たった一ヵ月だぜ？　俺はすげー順調だと思うぞ！　だってほら、一ヵ月で手をつなげるなら一生でどれだけ仲良くなれるんだって話じゃん！」

「っ～～～～！」

瞬間、ただでさえ赤かった晴香の頬が、火が付いたように真っ赤になった。

つないだ手から伝わる体温も、ぐんと上がったように思う。

もしかして……俺いまなんかキモイこと言った？　言ったか⁉

あ、言ったわ！　『一生』とか言ってたわ！

うわキッツイ！　まだ高校生のくせになに気の早いこと言ってんだ俺⁉

「ちょ、違う！　いや違わない！　違わないけどちょっと先走りすぎた！　もちろん俺のキモチとしては、ってだけで、今の一生ってのは別に深い意味で言ったわけじゃなくって！　そうなったらいいなーって俺が勝手に考えてるだけっていうか……！」

あーダメだヤバイ。

何を言ってもキモさをキモさで上塗りしてるだけだぞこれ。

どうやって収拾つけたらいいんだこれ。

こんなんじゃ晴香に重たい勘違い野郎だって引かれてしまう。

と、俺はそう思ってテンパっていたわけだが、

「ううん。うれしい」


晴香は繋いだ手を一層強く握ると俺の左腕に体を寄せて、微笑んでくれた。

周りの友人達に見せる天真爛漫(てんしんらんまん)な笑顔ではない。

恋人である俺にだけ見せてくれる、特別な笑顔で。

「最近演技が良くなったって褒められる話、したじゃない？　あれってやっぱり博道くんのおかげだと思うの」

「え？」

「だって博道くんと付き合い始めてから、毎日がとっても楽しいんだもん。

世界が今までとは比べ物にならないくらいキラキラしてて、心の中から今まで知らなかった

優しい気持ちが溢れてくるの。今までの自分にはなかった力が湧いてくるの。

……あたし知らなかった。

この広い世界に自分を強く想ってくれる人がいることが、こんなにも嬉しくって、頼もしいことだったなんて。……だから、ありがとう博道くん。あたしを好きになってくれて。あたしも、博道くんのこと、だいすきっ！」

「っっ～～～～……」


……よくわかった。

俺は晴香に出会うためにこの世に生まれてきたんだ。

俺という人間をこんな真っすぐ受け止めてくれる女の子が他にいるはずがない。

俺という人間と同じものをこんなにも尊んでくれる女の子が、晴香以外いるはずがない。

もう晴香しか考えられない。


その日、晴香は駅で別れるまでずっと寄り添ってくれた。

お互い緊張してまともに話せなかったけど、密着する部分を伝って俺と同じくらい高鳴っている晴香の心臓の音が伝わってきたけど、それでも、ぴったりと。

時間にして15分ほど。

その15分は間違いなく、佐藤博道17年間の人生の中で最高の時間だった。

そして、ああ、……まさしくこのあとだったのだ。

晴香以外に考えられないという今しがた感じた確信。
今後続いていくと信じていた晴香との青春の青写真。
そんなすべてをひっ、くり返す奴と出逢ったのは。

第二話　とまどい×コンタクト

学校の最寄り駅から三駅先の、さびれたベッドタウン。

平成を素通りしてきたようなレトロな下町の一角。

古い木造二階建てアパートの一室が佐藤（さとう）家の城だ。

敷地に入ると、二階……佐藤家の部屋から電話の着信音が漏（も）れ聞こえてきていて、隣に住んでる恰幅（かっぷく）のいいおばちゃんがこちらを睨（にら）みつけていた。

俺（おれ）は腐って穴だらけになった鉄骨階段を慌てて駆け登る。

二階についた俺に隣のおばちゃんは顔を顰（ひそ）めながら「もう10分は鳴りっぱなしよ」と棘（とげ）を刺す。マジかよ。どこのどいつだそんな熱烈なラブコールを掛けてきてる野郎は。

俺はおばちゃんに頭を下げながら家に飛び込む。

そして毟（むし）るように廊下の電話の受話器を取り、不機嫌さを隠さない口調で誰何（すいか）した。

「はいはいもしもしどちら様!?」

『お、やっと出たか！　オレだ！　お前の自慢のパパさんだぞ！』

「テメェかよ、このクソオヤジ！」

熱烈ラブコールの主は俺の父親・佐藤直之だった。

その事実に俺の語気に混じる苛立ちは一層濃くなる。

「あのさあ、ウチの防音性がスカスカなのオヤジも知ってるだろ。出なかったら時間おいて掛け直せよ。ご近所迷惑だろうがっ」

『ハッハッハ！　すまんすまん。急にお前の声がどーしても聞きたくなってな！』

「何を気持ちの悪いことをいってんだよ」

『気持ちの悪いことはないだろう。愛するたった一人の大切な息子を案じるのは親として当然だ。どうだ？　元気にしてたか？　学校は楽しいか？』

あ、やばい。

これはあれだ。

子供が都合の悪い報告を親に隠すときと同じヤツだ。

俺の経験がそう告げている。

このオッサン、40も半ばを過ぎたってのに子供っぽいところがあるんだ。

きっと未だに恐竜なんかを追いかけてるからだろう。

ともかくこんな電話はさっさと切るに限る。


「おー元気だし楽しいよ。最高。じゃあもう用は済んだんだな。おやすみ～」

『まてまてまて！　ちょっとまて！　切るな！　切ってもまた掛けるぞ！　取るまで掛けるぞ！　お前の声を聞きたかったのもだけど、実は今日はお前に大事な話があるんだよ！』


チッ。こざかしい真似を。

またお隣さんに睨まれるのは勘弁だ。

電話線を引っこ抜いてやろうかとも思ったが、流石にそこまでやるのはやりすぎだろう。

……しゃーねえなぁ。


「んなことだろうと思ったよ。で、なに？」

『いやぁ……それがな……うん』

「なんだよ。そんなに言いにくいことなのか」

『言いにくいってわけじゃないんだが、ちょっと改まってってなると照れ臭いっていうか一。恥ずかしいっていうかー』

「キモい。中年男が恥じらう声なんて聞きたくない。さっさと話せ。どうせまた婆ちゃんの口座の金、発掘で使いこんだから謝ってきてくれとか、そんなろくでもないことなんだろ」

『実は父さん再婚したんだわ』

「ほらな。どうせそんなことだろうと思っ――――はぁあああああ⁉⁉」


あまりのことに喉から絶叫が飛び出した。

間髪入れずに、隣とこの部屋を隔てるうっすい壁が裏側から思い切り叩かれる。

俺は隣人からの抗議に大声で謝罪を返してから、改めて電話口の先のオヤジに確認する。


「さささサイコン⁉　サイコンって、再婚か⁉　いつ⁉　ってか相手いたのかよ俺なんも聞いてないんだけど！」

『ああ。今回の発掘先で知り合った女性なんだ』

「福岡だっけか。まだそっち行って二ヵ月程度だろ⁉」

『高校生のお前にはまだわからんかもしれんがな、恋の炎は時として唐突に燃え上がるものなんだよ』


マジかよ。燃え上がったらたった二ヵ月で結婚まで行っちまうのか。

信じられん。つーか怖いわ。二ヵ月程度で相手の何がわかるっていうんだ。

わかるのが大人、ってことなんだろうか。

「じゃあその報告をするために電話してきたってことか。別にオヤジの人生だし、オヤジが選んだ人なら俺は誰でもいいけど」

『ああ、そういってもらえると嬉しいな。……ただもちろん報告もあるけどな、お前に今日話しておきたかったのは、それだけじゃないんだ』

「というと？」

『話しておきたいのは、月子さん――嫁さんの連れ子の話だ』

「連れ子って、子供いる人なのか！」

『別に父さんらの歳なら珍しくもないだろう。父さんだってお前がいるわけだしな』

「ま、まあそりゃそうか。じゃあ俺に兄弟が出来るってことなんだな」

『そういうこと。で、その連れ子さん、お前と同じ高2の女の子で、義妹……義姉？　いやお前4月生まれだから義妹か。義妹になる時雨ちゃんな、――今日からその家に住むから』

「ちょっとまてぇーーーーーーーーッッ!?!?」

再び壁が衝撃で跳ねる。

もう一度謝罪する俺。

でも混乱のあまり気持ちは籠(こも)ってなかった。

『博道(ひろみち)、声がイチイチうるさい。近所迷惑だろう』

「今この世で一番迷惑を被ってんのは俺だわ！　何⁉　いつの間にか再婚してて、しかもその連れ子に同い年の女子がいて、今日からこの家に住む⁉　いや無理無理！　大体このアパートに住むっていうけど部屋がないだろ部屋が！」


このアパートは1ＤＫだ。

古い木造アパートにしては部屋数が多いが、でもどっちも小さい。

俺の寝室兼ダイニングキッチンと、襖で仕切られた親父の部屋という名の物置。

すでにどちらも埋まっている。

とても新規に人を受け入れる空間なんてない。

『それなら父さんの部屋を片付けて使ってもらってくれ。そこにあるものは母さんの遺品以外全部捨ててくれて構わないから』

「捨てても狭すぎるって。親子二人で六畳なんて。女子なら荷物も多いだろうし」

『ん？　ああ、お前勘違いしてるな。その家に今日から住むのはお前の義妹になる時雨ちゃん一人だぞ。月子さんは俺と一緒にこれからアメリカに行く』

は？　え？　はあああ⁉

『いやー、本当なら月子さんと時雨ちゃん二人連れてそっち戻るつもりだったんだけど、大学時代にお世話になってた教授からどーしてもって言われてさ。アメリカで発掘手伝うことになったのよ。もうすぐ飛行機の時間だから、お前が電話に出てくれないときはどうしようかと思ったぞ。時雨ちゃんはもうそっちに向かってる時間だからな。入れ違いにならなくてよかったよかった。ハハハ』

「待て！　何もよくない！　マジ頭パニックになってきたんだけど！　え？　同い年の女子と二人で、二人っきりで一緒に住むってことか⁉　この家で⁉　ありえないありえない！」

うわ受話器が気持ち悪いと思ったら手汗やっべぇ！

『何そんな動揺してるんだ童貞じゃあるまいし』

「童貞ですー！　貴方のご子息はまだピッカピカの童貞ですー！　テメェの息子だぞ買い被ん

なバーカ！」

『お、おう。そ、そうか。まあなんだ。相手は妹なんだし気楽に接すればいいだろう』

「顔も見たことない初対面の妹なんて完全完璧に他人だわ！　いやホントマジありえない。無理です。勘弁してください。今からでもすぐに元の家に帰るようその子に言って」

『あ、やべ。搭乗アナウンス来たわ。じゃあ父さん行ってくるな！　そっち帰るのは一年後くらいになるから、それまで時雨ちゃんと仲良くなー！　愛してるぞー！』

「ちょ！　おいまだ話はなんも終わってなー―」

『ガチャ！　ツー、ツー、ツー……』

「あ、あ、あ……あのクソオヤジーーーーーーーーッッ!!!!」


叫んで、受話器を叩きつけるように戻す。

もちろんお隣さんから抗議の壁ドンが最高出力で返ってきたが、もうそれどころじゃない。

俺の頭は頭蓋骨の中で脳味噌がクルクル回ってるんじゃないかってくらいの大混乱だ。

とても立っていられずその場にへたり込む。

……いや、ヤベエよヤバイ。これはヤバイって。

いくら戸籍上で妹になったとはいえ、同い年の女子といきなり同居とか。

しかも大人は一年も帰ってこないと言い出す始末。
前々からもしかしたらと思ってたけど、頭おかしいんじゃないのかあのオッサン。
倫理観ってモンがないのか。
そのうえ昨日の今日どころか今日の今日だと……⁉

……俺は別にオヤジが再婚したこと自体は嬉しいんだ。
なんだかんだで母ちゃんが死んでからずっと俺を一人で育ててくれたわけだし。
そんな親父が新しいパートナーを見つけたってんだから、祝福だってしたい。
なのに――、

「ぐっちゃぐちゃじゃねえか……」

なんだこれ。もっと気分よく祝わせろよ。クソオヤジ。
ため息が出る。
まるで悪い冗談だ。
そしてことさら悪いことに、この冗談は現在進行形で続いているということだ。
今こうしている間も、俺の顔も見たこともない妹がこの家に近づいてきているらしい。

だとしたら、いつまでもへたり込んでもいられない。

「とにかくそのシグレって子が来る前に部屋を片付けないと」

オヤジの部屋もだが、俺の巣になっている居間もどうにかしないと。

布団（ふとん）は万年床だし、服は脱ぎ散らかされたまま散らばってるし、剛士（たけし）から借りたスケベ漫画雑誌も出しっぱなしだ。

こんな魔窟に女子を迎え入れるわけにはいかない。

それはきっと法に抵触する行為だ。

だからと、俺が腰を上げようとした——その時だった。

来客を告げるベルが鳴ったのは。

「っ……！」

も、もう来たのか。

まだスケベ雑誌すら片付いてないのに！

いや、もしかしたらさっきうるさくしたから隣のおばちゃんが押し掛けてきたのかも。

あるいはＮＨＫとか新聞かもしれない。

と、とにかく確認だ。

相手次第で対応を決めよう。

そう思って、俺は扉の覗き窓を見て、

「――――――……え？」


絶句した。

今の今まで小さな容積の脳味噌いっぱいに詰まっていた、これからやること、やらないといけないこと、考えるべきこと、何もかもが吹っ飛んで思考が真っ白になる。

重力がなくなったように地に足がつかなくなる。

ドア向こうの光景は、刹那の内に俺の思考と情緒のすべてを凍り付かせた。

だって、仕方ないだろう。

扉の向こうにいたのは、
さっき駅で別れた俺の恋人――才川晴香だったのだから。

な、なんで？

なんで晴香が俺の家の前にいるんだ？

しかもよりによって、今このタイミングで。

晴香にはまだ俺の家を教えていない。

最寄り駅は教えてるが、連れてきたことがないからわからないはずだ。

俺の後をつけてきた？　いや先に電車に乗ったのは晴香だ。それはない。


じゃあ、なんで今晴香がここにいるんだ……？


混乱の中で必死に考える。

考えていると、小さな窓の中の晴香が困ったようにおろおろし始めた。

スマホと周囲を交互にキョロキョロ見まわしたり、表札を指さして確認するような仕草をしたり、落ち着きなく動き回る。

その表情からはいつもの活発さが消え、心細げだ。

それが俺を冷静にしてくれた。

――いけない。

恋人にあんな顔をさせて、俺は何をしているんだ。

なぜ晴香が家に来たのか。そんなのは本人に聞けばいいことじゃないか。

とにかくすぐに出なくては。

俺は帰宅したとき後ろ手に締めた鍵を開けて、

「ご、ごめん。すぐ開けるから！　は、────？」

詫びながら扉を開く。

開いた
が、
そこで俺は晴香を前にして、もう一度言葉を失う。

「あっ！　いらっしゃったんですね。よかったぁ。もしかしたら部屋を間違えたんじゃないかって、焦っちゃいました」

「…………」

違う。

覗き窓越しではわからなかったけど肉眼で見たらわかった。

目の前で安堵の笑みを零すこの子は、晴香じゃない。

髪型も、目鼻立ちも、高い位置にある腰も、何もかもが瓜二つ。瓜二つだが――

俺を見つめる目が違う。

晴香が俺を見る時の目は、もっと輝いている。

その一つだけで、彼女が晴香と別人だと俺にはわかった。

それがわかると、混乱のあまり見えなくなっていたいろんなものが見えてくる。

よくよく見れば服装も晴香とは全く違う。

明るい色のカーディガンの下に見えるのは、俺達が通う星雲高校の制服ではなく、セーラー服だ。

履いている靴もいつものスニーカーではなくローファー。

さらに背後にある大きなキャリーケースと、片手に下げたスーパーの袋。

これは……、
いや、もう、この状況、頭の悪い俺にも可能性が一つしかないことはわかる。

「あの、どうしたんですか？　私の顔になにかついてますか？」

「……もしかして、君が……シグレさん？」

「はいっ！　はじめまして。私は大江山時雨。あ、今はもう佐藤時雨ですね。

佐藤月子の娘で今日からはおにーさんの義妹です。よろしくお願いします。おにーさん」

そう。

俺の義妹はあろうことか、恋人と瓜二つだったのだ。

×　×　×

突然の父親の再婚。

義妹との二人きりの同居生活。

オヤジの電話によってもたらされた激動に俺はこれでもかと振り回され、のたうち回らされたわけだが、ああ、そんなのはすべて悪魔の余興に過ぎなかったのだ。

最後の最後に飛び出してきた、驚愕(きょうがく)の現実。

その義妹が、……恋人の生き写しだという現実にくらべれば。

それは……ダメだろ。

流石にダメ。ダメだ。絶対にダメ。ダメです。

晴香という恋人を持ちながら、晴香そっくりの女の子と同居するなんて。ひどすぎる。

何者かの悪意を感じる。

俺はこの現実といったいどうやって向き合えばいいっていうんだ……⁉

「あの、私が今日来る話は聞いてます、よね？」

度重なる衝撃にいい加減情緒がすり切れ呆然と立ち尽くしてると、晴香そっくりの彼女が不安そうに声をかけてきた。

「あ、ああ。うん。聞いてる、聞いた。……さっき」

「さっき⁉ それはまた急な話ですね。でも伝わっているならよかったです。あのー、おにーさんの名前も聞いていいですか？ 母から聞いていたはずなんですけど忘れちゃって」

「え、えっと、……佐藤博道、です」

「博道、くん？」

「う。その呼び方はやめてもらえると……嬉しい」

晴香と同じ呼び方は……危険過ぎる。

俺が注文を付けると彼女は不思議そうな表情をしながら「じゃあおにーさんで。私もこっちのほうが呼びやすいですし」と受け入れてくれた。

「ではお互いの挨拶(あいさつ)も終わったところで、そろそろ家に上がらせてください」

「あ、いや、待って」

「え？　どうしてですか？」

ヤバイ。

晴香と思って扉を開けてしまったけど、部屋の中はまだ片付いてない。

今通すわけにはいかない。

だから俺はとっさに玄関の前で通せんぼした。

「さっき言ったけど、連絡受けたのがほんと直前でまだ家の中が散らかってるんだ。ちょっとここで待っててもらっていいかな？」

「ああなんだ、そんなことですか。気を使わないでください。何しろ私達は今日から一緒に住む兄妹なんですから。お片付けなら私も手伝いますよ。失礼しますねー」

「あっ、ちょ——ちょっとまって！」


彼女は俺の通せんぼをすっと押しのけて家に入ってくる。

初対面の女子に手で触れて押し返すなんて、そんなことヘタレの俺に出来るわけがないから
この侵入を防ぐ手立てはなかった。

もちろん彼女の華奢（きゃしゃ）な肩をつかんで引き戻すなんてもっと無理。

俺に出来るのはもう彼女が見つけるより早くせめてスケベ雑誌だけでも隠滅すること。

だから慌てて追いかけるも、すでに遅い。我が家の１ｍ程度の廊下ではそもそも初動が遅れ
た時点で追い越すことなんて不可能だった。

居間に入った彼女は、俺が読み捨てた開きっぱなしのスケベ雑誌を見下ろしていて——、

「……フッ」


ギャー。

笑った！　今絶対笑った！　鼻で！　まるで下等な生き物を見下すように！

アアァアァ〜〜〜………私は貝になりたい。

「あ、すみません。私、母と二人の女所帯だったもので、こういうのすっかり失念してました。そうですよね。ここは男の人の家なんですから、女に見られたくないものもありますよね。これは私の不注意でした。ごめんなさい。余計な恥をかかせてしまって」

「……ご理解いただけると、助かります、うん」

やさしさが痛い。

「んー、じゃあ部屋の片づけはおにーさんにお任せしますかね。私はその間に御夕飯の準備をします。おにーさんも御夕飯はまだですよね？」

「ああ。……ありがとう」

「私、けっこー料理得意なんで期待してくれていいですよー」

そういうと、彼女はキャリーケースからフリルのついたピンクと白のチェック柄のエプロンを取り出し、それを身に着けて板張りのキッチンに立った。

俺は部屋を片付けながら、横目にキッチンを窺（うかが）っていたが、料理が得意というだけあってその手際は大したものだった。

リズミカルに聞こえてくる野菜を切る音。

コトコト鍋が煮える音。

時折混ざる可愛(かわい)らしい鼻歌。

その姿はまるで晴香が台所に立っているみたいで、ドキドキして——


あれか？　俺は、俺はクソヤロウか……？


顔が同じなら誰でもいいのか？

非常に危険な妄想だぞこれは。

晴香を、かけがえのない恋人を義妹と重ねる。

その妄想の果てにあるのはなんだ。

どう考えても破滅しかない。

でも、あまりにも似すぎていて嫌が応にも重なってしまうんだ。

世の中には自分と同じ顔の他人が三人はいるというけど、俺のクソ狭い交友関係に二人固まってるのはどのくらいの確率なんだろうか。

これはもう俺だけ引っ越しすることも視野に入れる必要があるんじゃないのか。いやマジで。

そう、俺が思い詰めていたときだ。

彼女が料理をする背を向けたまま、話しかけてきた。

「そういえばおにーさんって、ついさっき私のこと連絡受けたんですよね。お義父さんから」

「うん。今日から時雨さんがここに住むからって、ほんとギリギリに」

「あはは。それはビックリしたでしょう。いきなりの今日ですもんね」

「ビックリってレベルじゃないって。あのクソオヤジはホントに。あんなのを選ぶなんて時雨さんのお母さんも苦労するよ。絶対」

「……他人行儀ですけど、もうおにーさんのお義母さんでもあるんですよ」

瞬間、彼女の声音(こわね)に今までにない『険』を感じた。

片付けのために手元に落としていた目線を上げると、彼女は眉(まゆ)を立てた不機嫌な表情で俺を見下ろしている。

え、もしかして、怒ってるのか？

「お母さんだけじゃなく私のことも。さっきから『時雨さん』って呼んでますけど、それ、やめてください。時雨って呼び捨てにしてください。兄なんですから」

「い、いや……それは、」

「いきなり兄妹になるハードルが高いのが、自分だけだと思ってますか？　おにーさん」

「え」

「私だって多少無理をしています。自分だけ楽をするのはズルいですよ？」

「…………！」


……そうか。そりゃ、そうだわ。

初対面の人間を今日から家族だって言われて、はいわかりましたって受け入れられる人間なんて、たぶんいない。

しかも向こうは女の子だ。感じる不安は男の俺の比じゃないはず。

でも彼女は形からでも打ち解けようとしてくれている。

精一杯好意的に歩み寄ってくれている。

だってのに俺ときたらどうだ？

さっきから自分の都合や不安ばっかりグダグダと……っ！


「うおおぉお～～ッ!!」

「ええ⁉　ちょ、どうしたんですかおにーさん⁉　突然そんな、自分の頬(ほお)っぺたをバシバシ叩いて、うわ真(ま)っ赤(か)！　どれだけ強く叩いたんですか⁉」

「いや、もう大丈夫だ」

「何一つ大丈夫には見えませんけど⁉　何かの発作ですかソレ⁉」

「とにかく、大丈夫」


クソヘタレの自分の目を覚ますにはちょうどいいくらいだ。

そりゃ歩み寄りを全部人任せにして、手を引いて導いて貰うのは楽だろうよ。

でもそれは兄のすることじゃない。

いや兄になったことなんてないから俺の勝手なイメージだけど、でもどうせ兄になるならそんな情けない兄にはなりたくない。だから、

「悪かった。これからは気を付けるよ。し、時雨」

「……！　はいっ！」

若干照れが入ったが、ちゃんと言えた。

やっぱり女子を下の名前で呼び捨てにするのは緊張する。

でも嬉しそうな、そしてどこかホッとしたような時雨の笑顔を見ると、頑張った甲斐はあったように思える。

まあ、そんな時雨の笑顔はやっぱり晴香とそっくりで、ドキリとしてしまうわけだけど。

でもこれは俺の問題だ。俺が慣れていくしかない。

これを理由に時雨を拒絶するなんてのはもっての他だ。

晴香に対しても、時雨に対しても失礼極まりない。


「じゃあ御夕飯も出来たので、ちゃぶ台を出してもらっていいですか？　おにーさん」

「任せろ。時雨」

「おっ。二度目にしてこなれてきましたね〜。その調子で早く身も心も私のおにーさんになって可愛い妹をた〜っぷり甘やかしてくださいね〜」


時雨は晴香によく似た笑顔を、晴香では考えられない小悪魔的なものに変える。

その笑顔はえらく板についている気がした。

当たり前のことだが、やっぱりこの子は晴香ではない。

俺はそのことに静かに安堵した。


……まあ、うん、結論から言えばこの安堵はとんでもない勘違いだったわけだが。

カノジョの妹とキスをした

I kissed My Girlfriend's Little Sister

第三話　こあくま×ストリップ

「あー、指が疲れてきた。量が量だと結構手間だぞこれ……」

時雨に風呂の用意を任せている間に、俺は玄関で時雨の生活スペースを確保するためオヤジの部屋から撤去したゴミを玄関で袋詰めにしていた。

母親の遺品以外は捨てていいということなので、それ以外は遠慮なくゴミ袋に叩き込んでやったが、衣類はそのまま突っ込むわけにはいかない。

燃えるごみとして出す事は出来るが、可能な限り細かく裁断するのがこの地域のルールだからだ。

俺は母の遺品だろう裁断ばさみで、もれなく恐竜の絵柄が描かれたオヤジの衣類を細切れにしていく。その作業は指の付け根がいい加減だるくなってきた頃に、ようやく終了した。

でも終わったのは服だけだ。

「まだカーテンが残ってるんだよなぁ」

押し入れの中から出土した大物だ。

これを解体するのは骨が折れる。

流石（さすが）に指がしんどいので俺は一息入れつつ、玄関にプールしている大量のゴミを眺めた。

可燃ゴミ、もえないゴミ、粗大ゴミ。色々だ。

オヤジが集めていた恐竜のフィギュアなどもある。

この辺は時雨に手伝ってもらってリサイクルショップにでも持って行った方がいいだろう。

もしかしたら多少は家計の足しになるかもしれない。

と、俺がそんな算段を立てていると、風呂掃除をしていた時雨が呼びかけてきた。


「おにーさんおにーさん。たいへんです」

「どうした？　もしかして風呂の沸かし方がわからないのか？」

「いえ。前の家もバランス釜だったのでそこは問題なく」

「じゃあなに？」

「ええそれがですね、おにーさん。今気づいたんですが、この家、脱衣所がありません！」


あっ。

そういえば確かにウチの風呂場はキッチンの板張りのトコに直結している。

ウチのキッチンと居間には敷居がなく、居間は俺の寝床でもあるので、これは実質俺の部屋に直結してるのと同じだ。

今まで男所帯で気にしたことがなかったから忘れてたけど、これは大問題だ。

いや、まてよ。


「風呂の前の天井にカーテンレールは付いてたよな？」

「えっと、……あ。はい。ありますあります。でもカーテンがついていませんよ？」

「なら丁度これが使えるか？」


俺は捨てるつもりで玄関に持ってきていたカーテンを手に取る。

使えるのなら裁断の手間が省けて大助かりなんだが、果たしてどうか。

居間に戻り、カーテンレールから垂らして丈を確認する。

んー、微妙に短い。

横幅は問題ないが、裾が床から40センチほど浮いてる。

でも必要十分ではある。

「一応膝くらいまではあるし、色も濃いから透けて見えることもないだろう。今日のところはこれで我慢してくれるか？」

「私は構いませんけど、おにーさんは大丈夫なんですか？」

「ん？　俺は別に男だからそこまで気にしないけど」

「ほほ～う？」


途端に、時雨の表情がまたさっきと同じ小悪魔なものになる。

晴香なら絶対にしない笑顔だ。

俺はその笑顔に、背筋が少し寒くなるのを感じた。


「な、なんだよその含みのあるにやけ面は」

「いえいえ。問題がないのならいいんです、ええ。じゃあもうお風呂は沸いたんで、私が先にいただきますね」

「どーぞどーぞ」


ひらひら手を振りながら俺は居間に戻ってテレビをつける。

いやラッキーだった。

カーテンの裁断をやらなくてよくなったので、片付けはこれでおしまいだ。

あとは俺も風呂に入って寝るだけ。

人生で一番疲れた日も、これでやっと終わりというわけだ。

まだまだ考えないといけないことはあるが、とりあえずはよかったよかった。

俺は一息つき、居間に座ると普段から何となくつけてるバラエティー番組を眺める。

そうしていると、視界の端に映る風呂場前、カーテンの下の隙間から覗く細い足が、靴下を脱いで素足になった瞬間が見えた。


「…………」

いや、いやいや、俺は何をドキドキしてるんだ。
脚が見えただけじゃないか。素足なんて、女子はどこでも見せびらかしてる。
街でも、学校でも。別に珍しいもんじゃない。
こんなんに気後れして目をそらすなんて、流石に甲斐性がなさすぎるってもんだ。
さあテレビに集中集中――と、俺が薄っぺらい意地を張っていると、
ばさり、と、
時雨が穿いていたスカートが、彼女の脚を伝って床に落ちた。

「っっ～～～～!!!!」

この瞬間、俺は自らの軽率を呪った。

床からわずか40センチ。

確かに、肝心なものは何も見えない。学校の女子がスカートを裾（すそ）上げして太ももまでむき出しにしていることを考えれば、露出としてはそっちの方がはるかに多い。

だが白い脚の動きと床に落ちる衣服が、カーテンの向こうで一枚また一枚、晴香と同じ顔をした女の子が裸になっていってる事実を生々しく伝えてくるのだ。

……やっべ、完全に誤算だったぞ、これは。

ようするに俺は、40センチの隙間から見える光景で全体を補完する自分の逞（たくま）しい想像力を考慮に入れていなかったのだ。

くそ、どうする。今からでも襖（ふすま）の奥のオヤジの部屋に行くか。

いやダメだ。あそこはもう時雨の部屋だ。

食事のあとあれこれ私物を整理していたし、流石に許可なく入るわけにはいかない。

も、もういっそトイレにこもるか？

そんなことを考えていると、カーテンの隙間から時雨の両手が両足を滑り、白い布を引き下ろす瞬間が見えた。


俺はたまらずちゃぶ台に突っ伏す。

鼓膜が内側から弾けそうなくらい心臓の音がうるさい。

――決めた。誓った。明日だ。

明日絶対ホムセンに行ってカーテンを買う。

それも床を引き摺るくらいの長いやつを。絶対買う。この世が滅んでも買う。

「あのーすみません、おにーさん」

「うわっ！　な、なに⁉」

慌てて顔を上げると、カーテンの端から時雨が顔を出して怪訝な顔でこっちを見ていた。

「何をそんなに動揺してるんですか？」

「べつに動揺なんてしてないっ。居眠りしてるとこにいきなり声かけられて驚いただけだ！　で、なに？」

「お休みのところ申し訳ないんですけど、私のキャリーからシャンプーとリンスを持ってきてもらっていいですか？　持って入るの忘れちゃってて」

「あ、あけていいのか？　カバン」

「いいですよ。もう下着とかは部屋に仕舞ったんで。お気になさらず」

「わ、わかった」

　俺は時雨の視線から逃げるように彼女の部屋に入り、壁際に寄せられていたキャリーからピンク色のボトルを二つ取り出す。

　それから何度か深呼吸して呼吸を整え、全力で平静を装いつつ居間に戻り、その二つを時雨に手渡した。時雨はこれを礼を言って受け取ると、にまぁ～っと、含みのある笑みを浮かべる。

「んふ～。ありがとうございます。おにーさん♡」

「なっ、なにその顔」

「いえー？　なんでもありませんよ。なーんでも♪」

言うと時雨はカーテンの中に引っ込む。
すぐに風呂の扉が開いて閉じる音が連なって聞こえてきた。
俺はちゃぶ台に戻って、深くため息を吐く。
……なんだよ今の顔。
晴香と同じ作りの顔。
でも、晴香が絶対にしないヘンな笑顔。
今一度それを見た俺の脳裏に、先ほどの時雨の言葉がリフレインする。
『私は構いませんけど、おにーさんは大丈夫なんですかぁ？』

もしかして時雨のやつ、俺がこうなるのわかってたのか。
自分が俺の下品な妄想に使われること、わかってて止めなかったのか。
……背筋がゾクゾクする。
俺の中の何かが警鐘を鳴らしている。
まさか、あいつは……

「いや、いやいやいや。早まるな俺」

勝手な想像で相手のことを決めつけるのはよくない。

そうだ。

時雨は今日から兄になる他人に歩み寄ってくれたじゃないか。

この想像は少し被害妄想が過ぎる。

俺は脳裏に浮かんだ嫌な予感を振り払って、気を紛らわせるため自習をすることにした。

ちゃぶ台の上にノートを取り出し、明日の予習をする。

暇な時間は勉強で潰せ。勉強はいくらやっても損にならない。

あのクソオヤジから授けられた唯一の薫陶だ。

ノートに向かい合うと、余計なことを考えずに済む。

没頭しているうちに俺は平静を取り戻していた。

やがて、風呂から上がった時雨が居間に戻ってくる。

「はぁ〜。今日は移動でたくさん汗をかいたのでさっぱりしました〜。お風呂、もう入って大丈夫ですよ」

「ああ、じゃあ俺も入るか」

声を掛けられるまで、俺は時雨が風呂から出たことに気付くこともなかった。
やはり勉強はいい。
こればかりはあのオヤジに感謝だなと、俺は胡坐(あぐら)を崩して立ち上がる。

そして、——凍り付いた。

一瞬で、瞬く間に、全身の血が固まったように動かなくなる。
が、すぐ顔だけは火を吹かんばかりに熱くなってくる。
当然だ。当然すぎる。
だって、顔を上げたそこに、時雨がバスタオル一枚で立っていたのだから！
「な、ななななんて格好してやがるんだオマエーーーーーッ⁉」
これには流石に絶叫が飛び出る。
だが時雨はきょとん？　と小首を傾げて、

「なにって、そりゃお風呂上りなんですからこれが普通なんじゃないですか？　おにーさんだってそうでしょう？」

「そりゃ自分の家ならそうだけどここは――――！」

「ここはもう私の家ですよ？」

「そうだわ！　そうだったわ！　いやでもとにかく早く服を着ろ！　仮に俺達が血のつながった兄妹でもこの年頃でこれはないだろ⁉　そりゃ俺達は互いにある程度意識的に歩み寄らないといけないのかもしれないけど、これは完全なオーバーランってもんで……！」

「ぷ、――――っくく、アハッ、アハハハッ！」


突然身体を折って笑い始める時雨。

な、なんだ。なんだこの女。


「なにがおかしいんだ！」

「大丈夫ですよ。ほら。ちゃんと下にキャミ着てるんで」

「……へ？」


がばりとバスタオルの前を開ける時雨。

その下には確かに、キャミソールとショートパンツを穿いていた。

唖然とする俺。そんな俺の顔を見て、時雨は噴き出す。

「あははっ。普通キャミの紐で気付きませんか？　おっかしー。おにーさんエロいマンガの見過ぎですよー。いくら義理の兄とはいえ、今日あったばかりの男の子の前にバスタオル一枚で出てくる女なんて、現実に存在するわけないじゃないですかぁ♪」

肩を震わせながら笑い続ける時雨。

そう、あの晴香とは似ても似つかない、意地の悪い笑顔で。

こ、こいつ、やっぱり……！

「お、おまえ……、冗談にも限度ってもんがあるぞ……っ」

「えー？　ちょっとじゃれついてるだけじゃないですかー。猫の甘噛みみたいなものですって。まあおにーさんはずいぶんと一人で盛り上がっていたみたいですけど」

「……俺が一人で盛り上がって、取り返しのつかないことになったらどうするんだ。俺は自分のヘタレにはそれなりに自信があるけど、絶対に保証できるわけじゃないんだぞ」

「アハ☆　理性に自信があるわけじゃないんだ。正直者だなぁ。でも大丈夫ですよ」

「何を根拠に」

「だって」

時雨は俺がメモに使おうとちゃぶ台の上に置いていたチラシを一枚摘み上げ、宙に放つ。

瞬間、

彼女はひらひらと宙を舞うチラシを、正確無比な鋭い回し蹴り(げ)で真っ二つにした。

「私たぶん、おにーさんよりずっと強いんで♡」

「…………」

「その気になったら襲い掛かってきてかまいませんよ。私も全力でお相手します♪」

時雨は丈の短いショートパンツから伸びる太ももを持ち上げ、主張するように手で打つ。

パァンッと小気味よく鳴る音が伝える、鍛え抜かれた筋肉の存在。

間違いなく何かしらの心得を持っている人間の動きと破壊力。

ようするに、ようするにだ。

時雨は――自分に俺を圧倒する戦力があることを理解した上で、俺をからかっていたわけだ。

背筋を上る寒気として俺の中にあった予感。それが今確信に変わる。

「何が多少無理してるだよ。猫かぶってやがったなテメェッ！」

「被ってないにゃん」

「被ってんじゃん！」


ああ、もう間違い無い。

確かに見てくれこそあの天真爛漫（てんしんらんまん）な晴香にそっくりだが、中身が全くの別物。

さっき自分をじゃれつく猫にたとえていたが、言い得て妙だ。

猫は自分より弱い獲物をあえて殺さず嬲（なぶ）りものにして遊ぶ習性があるらしい。

爪（つめ）を立てず叩いたり、歯を立てず甘噛みしたり。

なるほど。よく似てる。


「私ずっと年上の兄弟が欲しかったんです。可愛（かわい）い妹のわがままを受け止めてくれる兄や姉が。

だから、私のこといっぱい甘やかしてくださいね。おにーさん♪」

天真爛漫な晴香なら絶対に出来ない、底意地の悪さがにじみ出る笑顔。

間違いない。こいつ、いじめっ子だ。

これは不味い。不味いぞ。

だってこんなサディストに晴香のことが、俺に自分とそっくりの彼女がいることがバレたら、一体どうなっちまうんだ？

絶対に、ただでは済まない。

晴香に似ているのをいいことに、ますます調子に乗るのが目に見える……！

ありありと想像出来る未来に、俺は背筋が寒くなるのを誤魔化(ごまか)せなかった。

カノジョの妹とキスをした

I kissed My Girlfriend's Little Sister

第四話　おはよう×コンセンサス

俺の人生で間違いなく、一番衝撃的な一日が過ぎた翌朝。

俺の意識は嗅ぎなれない匂いによって微睡みから引き上げられた。

味噌の匂い。

それにつられてキッチンに視線をやると、そこには昨日と同じエプロンをつけ、昨日作った味噌汁を鍋にかけている俺の妹の姿があった。


「あ。おはようございます。おにーさん」

「っ……、」


窓から差し込む朝日よりも優しい笑顔。

それがあまりにも俺の恋人に似すぎていて、心臓が跳ねる。

俺は重なりそうになるその姿を振り払うため、あえて名前を呼んだ。

「おはよう。時雨」

「昨日はちゃんと眠れましたか？　襖一枚向こうの可愛い妹にドキドキして眠れなかったりしませんでしたか？」

「……なんてことねーし」

「ほんとかなー？　ふふ、まあいいでしょう。さ、朝ごはんの準備が出来ましたよ。テーブルを出すので布団を片付けてください」


言われて俺はのそのそ布団から出る。

体が重い。

なんてことないと言ったが、嘘だ。

襖一枚向こうで、恋人と同じ顔の女の子が寝ているんだ。

なんてことないはずがない。

ただ、実を言うとそれを意識する時間は思いのほか短かった。

それは昨日寝る前に、時雨の晴香とは似ても似つかない本性を知ったからだ。

流石にあそこまで個性が正反対だと、外見がどれだけ同じでも他人にしか見えない。

むしろ家族として上手くやっていける気もしてきた。

この性悪に晴香の存在を知られたらどうなるのか、それはいささか不安ではあるが。

俺がなかなか寝付けなかったのは、時雨ではなく晴香のことで頭を悩ませていたからだ。
……ようするに、この状況をどう晴香に説明したものか、ということ。

避けては通れない問題だ。
そして非常に難しい問題でもある。
晴香はどう思うだろうか。
恋人である俺が、自分と瓜二つの異性と同居していることを知ったら。
正直不安だ。
ただこれは俺が悪いわけじゃないし、俺の力でどうこう出来た事でもない。
晴香なら話せばちゃんとわかってくれるはずだ。
そして話すならなるべく早い方がいいだろう。
ＬＩＮＥではダメだ。口頭で。
今日の昼あたり呼び出して話をしよう。
……と、なんとかそう自分の中で結論を出したのが深夜二時過ぎだった。
体が重いのも当然だ。

俺は寝ぼけ眼(まなこ)を擦りながら布団を片付け、食卓につく。

メニューは白米、昨日の味噌汁、目玉焼きと千切りキャベツ。

朝から湯気の立つ飯を食うなんて何年ぶりだろう。

母親が生きていた頃以来かもしれない。


「……ありがとう。こういうのもちゃんと当番を決めないとな」

「お伺(うかが)いしますが、おにーさんは一人のとき朝ごはんはどうしていたんですか？」

「買い置きのパンか、食わないかのどっちかだったな」

「よくわかりました。おにーさんには台所を任せられません。当番制ではなく分業にしましょう。私は炊事と洗濯。おにーさんはゴミ出しと皿洗い。どうです？」

「時雨がそれでいいなら」

「じゃあけってーい」


共同生活のルールを決めながら朝食をいただく。

昨日の晩御飯もそうだったが、時雨の料理は実に美味(おい)しい。

昨晩の主菜は鮭の塩焼き。今朝(けさ)は目玉焼き。それに味噌汁。

作っているものにそこまで工夫の余地があるようには思えないのに、俺がときたま自炊した料理とは雲泥の差だ。

鮭はバサバサにならずこってり甘く、目玉焼きはとろりとした半熟。

味噌汁も香り高く、短く切られたエノキの食感が楽しい。

大したもんだ。もし晴香という彼女がいない状態で時雨が妹になっていたら――、俺はきっと相当ダメな兄になっていただろう。

そう俺が感心していると、時雨が箸をおいて話しかけてきた。


「ところでおにーさん。登校前に大切なお話があります」

「ん？　なに？」

「私も今日から星雲に通うんです」


星雲。この地域にその名で呼ばれる場所は一つだけ。

星雲高校。俺の通っている学校。

神奈川県下ではそれなりに知られた名門私立だ。


「そうか。じゃあ学校一緒なんだな」

「クラスも一緒ですよ。おにーさんも特進でしょ？」

「マジか」

星雲の特別進学クラスは1組しかない。

特進に入ってくるなら間違い無く残り二年間同じ組になる。

「ってことはいよいよ四六時中顔を合わせることになりそうだな」

「ええ。だからこそなんですけど、おにーさん。私達が兄妹になったことは内緒にしたいんです」

「ん？　なんで？」

「想像力が欠如していますねおにーさん。いくら親が再婚したからといって私達は昨日会ったばかりなんですよ？　そんな男女が二人同居してるなんて知られたら、男子の恰好のズリネタじゃないですか！」

「ブッ！」

味噌汁が！　味噌汁が鼻に逆流してからい……ッ！

「おま、女子がそんな言葉を使うなーッ！」

「事実なんですから他に言いようがありません。なんにしても、私としては新天地での一日目からそんな業は背負いたくないんですよ」


ま、まあ確かに容易に予想できる未来ではある。

現役男子高校生である俺が確信をもって保証できる。

時雨の懸念はもっともだ。


「……つまり、俺達は赤の他人って嘘を吐くわけか」

「いえ、嘘を吐く必要はありません。嘘は案外バレますし、二人の嘘を合わせる必要もあるので面倒です。ただ積極的に言いふらさない程度で。先生には事前にお願いすれば黙っていてくれるでしょうし、幸い私達の名字は『佐藤』です。ありふれてる名字なので私達自身が言わなければ変に勘繰られることもないでしょう」

「まあ俺は構わないけど――」


断る理由も無い。

俺もクラスメイトの下世話な妄想に自分達が使われるのは嫌だ。

根も葉もない妄言とはいえ、そんなものを晴香の耳に入れたくない。

だから時雨の提案を断る理由は――、
あ。いや待て。

流石に誰にも言わないと約束するわけにはいかない。

晴香には話さなければならないし、他にもこの家に頻繁に出入りする人間がいる。

「すまん。あちこちに言いふらさないのは約束するけど、話しておきたい相手もいる。この家にしょっちゅう出入りしてる奴らだ。どうせ早晩バレるからそいつらには話したい。もちろん言いふらさないように言い含めるから」


晴香の名前を出さなかったのは、時雨が俺に自分とそっくりの彼女がいることを知ったらまたあの意地の悪い顔をするに違いないからだ。

別に隠し通すつもりはないが、積極的に教えたいとは思わない。

この俺の確認に時雨は少し不満そうな顔をした。


「……ご友人、口は堅いんですか？」

「その点に関しては俺なんかよりよっぽど信用が出来る」

「……仕方ありませんね。いいですよ。ただしお詫びとして私のほっぺたにおはようのキスをしてくれたら、ですけど」

ニヤリと意地の悪い笑みを浮かべる時雨。

この女、またそういうことを……！

「そういうのはやめろって言ってるだろ……！」

「アハッ。何を顔を真っ赤にしてるんですか？　家族のほっぺにキスなんてただの挨拶じゃないですか。海外では普通のことなのに」

「俺はその海外がやってるんだから日本でも当然、みたいな論調は嫌いだ！」

「そんなこと言って、ただ単に女の子のほっぺにキスする度胸がないだけなんでしょう。でも私のわがままを聞いてくれないなら、許可は出せませんねぇ？　どーしますかぁ。弱い弱いおにーさん？」

「っ、なめんな！　その程度だったらなんでもねーよ！」

嘘だ。なんでもないことは全くない。

女子の手を握っただけで舞い上がる俺には大変なことだ。

だが今確信したんだが、この女――完全に味を占めてやがる。

顔見ればわかる。

俺に対する侮り(あなど)がにやけ顔にこれでもかと現れている。

こいつは別に俺におはようのキスして欲しいわけじゃない。

単純に、ワタワタする俺を見て楽しんでるんだ。

俺に出来もしないと高をくくって。


……これはよくない。


今後のためにもこのあたりでガツンと、ガツンとやったらんと。窮鼠(きゅうそ)猫を噛(か)むという言葉の意味を教えてやらないと、これからの生活で振り回されっぱなしになる。

俺は気丈を装い、ちゃぶ台に手をついて上半身を伸ばす。

そして「ほれほれ」といわんばかりに頬(ほお)を向けてきている時雨との距離を詰め、

「っ……、」


な、なんだよその真っ白なシミ一つない頬っぺたは。

本当に同じ人間なのコイツ。

――いや迷うな。
こんなのでイチイチ怖気(おじけ)づくから、からかわれるんだ。
勢い任せに一気にやってやる。
俺はそう意気込んで、ぐっと唇を近づける。
瞬間、――シャンプーの爽(さわ)やかな香りがふわりと漂(ただよ)ってきた。
動きが凍り付く。
なぜならその香りが、晴香と同じ香りだったから。
くそっ、顔だけじゃなく匂いまでそっくりとかどうなってんだよ！
途端に胸の中に苦い罪悪感が湧(わ)き出してきた。
義妹とはいえ、頬っぺたとはいえ、昨日知り合ったばかりの女の子にキス。
そんなこと、晴香にすらしたことないのに。
それは晴香への裏切りじゃないのか。
俺はこんなことをして、――昼休み晴香の顔をまともに見ることが出来るのか？

「はいストップ！」
「うお⁉」

俺が迷っていると、途端に俺の身体を時雨が押し返した。

そしてどこか決まりの悪そうな顔で、

「もーやだなおにーさんってば、本気にしちゃって！　こんなのジョーダンに決まってるじゃないですかー。キスっていうのは、好きな人とするものなんですよ？」

「お、お前がやれっていったんだろっ」

「まさか本気にするとは思わないじゃないですかー。おにーさんのスケベ☆」

「……今、生まれて初めて女を殴りたい衝動に駆られてるんだけど」

「キャー！　ＤＶはんたーい！　……でも確かに私も悪ノリが過ぎました。ごめんなさい」

ペコリと、時雨は頭を下げる。

「友人に伝える件はご随意に。おにーさんが必要と思ったら誰に話してくれてもいいですよ。不特定多数に言いふらさないようにしてもらえれば十分です」

それから立ち上がり、自分の食器の片づけを始めた。

……なんだかいきなり素直になったな。

いったいどうしたのだろうか。
照れている、という感じでもなさそうだが。
女子の心の機微を理解することは、俺には難しすぎた。

カノジョの妹とキスをした

I kissed My Girlfriend's Little Sister

第五話　さいかい×シスターズ

「福岡の修英館高校から転入してきました、佐藤時雨です。少し皆さんとスタートの時期がズレてしまいましたけど、仲間に入れてもらえると嬉しいです。よろしくお願いします」

朝礼の時間。

時雨が黒板の前に立ち特進クラスの一同に挨拶をする。

ちなみに時雨の服装は、校章だけを星雲のものに変えた修英館の制服だ。

俺は特に何も考えずスタンダードな学生服を買ったので知らなかったが、私立である星雲にはそこまで厳格な服飾規定がないらしく、色や布面積、校章などの一定の基準を満たせば服装はそれなりに自由らしい。

そこで時雨は今ある制服を基準を満たすよう改造して、使いまわすことで制服代を節約したのだそうだ。

そういえば昨日、前住んでいた家の風呂も古いバランス釜だったと言っていた。

母子家庭だし、裕福とはとても言えない家庭だったのだろう。

家事スキルの高さもそのあたりに由来しているのかもしれない。


挨拶を済ませた後、教師は俺の隣の席に座るよう時雨に指示を出した。

その時『義兄』であることの言及はなかった。

あくまでの出席番号順、という体だ。

時雨があらかじめ教師に言い含めておいたのだろう。


「佐藤さん、修英館だったんだね！　すごーい！」

「よく星雲に入る気になったね。星雲もこの辺ではそれなりの名門だけど、流石に全国クラスとじゃブランド価値が全然違うでしょう」

「俺なら一人暮らししてでも絶対修英館に残るわ」


一限目と二限目の間の休み時間。

時雨はさっそくクラスメイト達に囲まれて質問攻めに遭っていた。

とはいえ、誰も俺と時雨の関係には触れない。

まあ佐藤なんてありふれた名字で、わかるわけもないいんだけどな。

一番話題に上ったのは、時雨が元居た学校の話だ。

修英館高校。

神奈川県民の俺でも知っている九州の名門。

神奈川のちょっと頭のいい学校程度の星雲とは格の違う、全国クラスのエリート校だ。

特進はやはり学歴を意識している生徒が多いので、全国に名の知れ渡る学校がどういうものなのか、気になって仕方がないらしい。

だが三時限目の終わった後の休み時間にもなると、流石に話題は元居た学校から本人のものへと移る。

その流れの中で、ある女生徒がこう言った。


「でもウチ、時雨ちゃんのことどーっかで見たことある気がすんのよね」

「あ、俺も。なんでだろ」

「確か演劇部にちょっと顔が似てる女子がいた気がするから、それじゃね？」

「あ！　そうだそうだ！　去年の文化祭に脇役で出てた大根だけど可愛い子！　だから既視感があったんだわ」


う、不味い。

さっそく話題が時雨に瓜二つの晴香に繋がってしまった。

これには時雨も興味深そうな顔で食いつく。

「……へー、それは会ってみたいですね。クラスはわかりますか？」

「あーそこまではわかんね。誰か知ってる？　……知らねえか」

「特進、部活やってるヤツ少ないからなぁ」

「それに普通科は新校舎の方だから中学からの知り合いとかじゃないと交流もあんまないもんな。でもよくよく見てみるとちょっと似てるどころじゃないような気も……」

その会話を、俺はハラハラしながら聞いていた。

このぶんだと二人は思いのほか早く顔を合わせてしまいそうだ。

俺としてはやっぱり、二人が逢う前に晴香に事情を説明しておきたい。

俺と兄妹であることを隠す方針は時雨の言い出したことなので、もし二人が顔を合わせても彼女から晴香にこの関係のことが漏れるとは思わないが、絶対とは言えないからだ。

元々隠すつもりはないが、それでもやっぱり、俺のいないところで晴香に俺達の同居がバレるのはよくない。彼女に対してのフォローが出来ないのだから。

とはいえ、晴香には昼休みに逢いたいとすでにメッセージを送って、了解を貰ってる。

今慌てても仕方がない。

落ち着け。
今は昼に、どう切り出すかを考えるんだ。
と、俺が頭を働かせようとしたときだ。

『急な用事ができてお昼そっちに行けなくなりました　＞＜ゴメンナサイ』

という内容のメッセージが晴香から届いた。
ぐぬぬ。
正直少し焦(あせ)る。
だが急用というなら仕方ない。
晴香がくだらないことで約束をドタキャンするような子でないのは知ってる。
そんな晴香が言うなら、本当に大切な用なのだろう。
俺はわかったとスタンプで返事を返して、一つため息。
まあ仕方ないと頭を切り替える。
こうなったら、先にもう一つの方に話を済ませてしまおう。

——四時限目が終わり、昼休み。

そのチャイムが鳴るや俺はすぐに席を立ち、窓際最後尾の机に向かう。

急ぎ足で。

そう、女子が集まって陰キャをはじき返すバリアを完成させる前に。

そしてその席に座る嫌味なくらい整った顔の友人・若林友衛に言った。


「友衛。昼飯付き合ってくれるか」

「ん、オッケー。じゃ剛士の奴も呼ぶか」

「ああ頼む」

×　×　×

若林友衛。武田剛士。

二人は俺の中学からの友人だ。

武田剛士は普通科の二年。

180センチを超える身長と、制服の上からでも形がわかる隆起した筋肉。

三度の飯よりプロテインが好きなウェイトリフティング部のエースだ。

本人曰く、筋トレを始めたのは女子にモテるためだそうだが、生来のオタク気質が災いし、のめり込みすぎた結果本来の目的を大幅に逸脱、体は引き締まったを通り越して巨大化し、かえって異性を遠ざけることになってしまった俺のかつての非モテ仲間でもある。


もう一人の若林友衛は俺と同じ特進二年。

長身瘦軀のモデル体型に、嫌味にならない程度に脱色した髪。

この垢抜けっぷりから分かると思うが、こいつは俺達と違い、モテる。

その小綺麗な顔立ちと如才のないマメさ、さらには特進首席のステイタスも相まってモテ力は天井知らずだ。その辺の道端にテキトーに設置しておけば、10分後には樹液に群がるカブトムシのような女子の群れを観測できるだろう。

だが俺がこの男に、クラスで女遊びを自慢していた相沢に抱くような嫉妬を感じるかといえば、そんなことはない。

なぜなら、友衛は男も女も区別なく、陰も陽も分け隔てることなく、誰といる時も楽しそうにし、誰といる時間も楽しいものにするために努める。そんな誰に対しても真摯で誠実な生き方が出来るかと問われれば、俺には無理だからだ。

こんな奴が好かれないとすれば、それは世の中の方が間違ってる。

そう思えるから嫉妬の湧きようもないのだ。

他にも友人はいるが、俺は主にこの二人とツルむことが多い。

中学はもちろん、高校になってからも二人はしょっちゅう俺の家に来ては、親が出張でいないのをいいことに泊まりで朝まで遊んでいくのだ。

そんな間柄なので、この二人には早晩時雨との関係はバレる。

だから先にもうバラしてしまって、口止めをしておくために俺は二人を昼食に誘い、人気のない学食外のテラス席で昨日家に帰ってから起きた出来事のすべてを話した。

二人はそれを黙って聞いてくれる。

そしてすべてを聞き終えたあと、友衛は開口一番、

「……きっつー」

と、夏を控えた高い空を仰いだ。


「ヒロ、前世で何やらかしたんだよ？」

「それは俺も聞きたいわ。でも当事者である俺は、ただ空を仰いで先祖を呪っているだけというわけにはいかないんだ。なんとか折り合いつけていくつもりだ。幸いなのかどうかは置いといて、似てるのは顔だけで性格は全然だからそのうち意識することもなくなるとは思う」

「確かに晴香ちゃんと違ってイイ性格してそうだね。時雨ちゃん」

「殆ど絡んでないのにわかるんだ」

「あんな質問攻め本人は疲れるだけだろうに、すげぇ楽しそうに表情作ってたからね。周りの温度さげないよう受け答えだけじゃなく、顔までコントロールできるのは割と堂に入った猫かぶりでしょ」


流石の人間観察力だ。

あいつの被っていた猫に見事に騙された俺とは違う。


「まあ時雨としても新しい環境に馴染むために、俺と兄妹ってことはしばらく内緒にしておきたいみたいなんだ。でもお前らはウチに入り浸ってるからすぐバレるだろ。だから先に話して口封じしといたほうがいいと思って。今日呼んだのはそういうこと」

「オッケー。その件は了解。言ったら野郎共のズリネタになるの目に見えてるもんな」

「も、もうすこし言葉を選べよっ」

「それ以外なんて言えばいいんだよ。おかずか？　おっ、ヒロのA定食のおかずめっちゃ美味そうじゃん」

「やめろ！　悪質なミーム汚染を撒くな！」

Ａ定の竜田揚げを一つ友衛の口に突っ込んで黙らせる。

友衛は美味そうにそれを咀嚼しながら「ヒロは下ネタに耐性がねーなぁ」と笑って、そのあと真剣な表情で尋ねてきた。

「……ところでこの一件、晴香ちゃんには教えるつもりなの？」

ぶっちゃけ、俺と晴香の関係はあまり知られていない。

別に隠しているわけじゃない。

単純に、昨日やっと手を繋ぐに至った進展の遅さから、周囲に気付かれていないのだ。

でも友衛と剛士の二人は、俺があれこれ相談や悩みやノロケを聞いてもらっているので、俺達の関係を知っている。

知っているからこそ、友衛は心配してくれているのだ。

これに俺は昨日の夜考えた答えを返す。

「そりゃな。黙ってても感じ悪いし。恋人同士で隠し事はやっぱよくないだろ」

「やめといたほうがいい」

だが友衛は厳しい口調で否定してきた。

「な、なんで？　確かに自分に似た妹と同居なんていい気はしないかもしれないけど、黙っていられるよりはいいはずだ。それにやましいことがないのに隠す理由も無いじゃないか」

「でもそれ話したところで、楽になるのはヒロだけじゃん」

……え？

「それは、どういう意味だよ」

「晴香ちゃんはいい子だからそりゃ話せばヒロが悪くないのはわかってくれるよ。絶対ヒロを責めたりしない。でもそれは我慢出来るってだけで、不安に思わないのとは違う。自分とそっくりな女が、恋人と一緒に暮らしてる。自分が一人で家にいる間も、その女は恋人とずっと一緒にいる。そんなの耐えられないだろ」

「だけど俺達は親が再婚した兄妹だぞ。妹相手にそんな――」

「妹つっても昨日今日じゃん。はいそうですかなら安心ですねなんて無いって。実際ヒロも昨日一晩一緒にいて、まったくドキドキしなかったかって、そんなことないだろ？」

「そりゃあ……」

「ようやく手が繋がった程度の関係で、辛いだけの恋愛は続かないって」

「…………」

言われて、思う。

俺は自分に非がないことを示すことに固執して、晴香の気持ちを考えていなかったんじゃないかと。

時雨のことを晴香に正直に伝えれば、俺自身は隠し事をするという後ろめたさからは解放される。でも、聞かされた晴香の気持ちはどうだ？

もちろん俺は時雨に晴香を重ねる気なんてない。

いや重ねてしまっても、それはあくまで時雨を通して晴香に向けられるものだ。

その感情を時雨に向けようなんて微塵も思わない。

でも、俺にその気がなくても、晴香がどう思うかは別の問題だ。

俺の言葉をただ信じて一切の不安を抱かない。

それだけの関係に、たぶん俺達はまだ至れていない。

「まあどうしても嘘吐きたくないってんなら強制はしねえけど、オレは今の段階で切り出すにはショックが大きすぎる問題だと思う。絶対に手術しないといけない病人が居たとしても、実際メスを入れるタイミングは患者の容体を見て判断するだろ。どんなことにも適切な時期ってモンはあるんじゃないか?」

「確かに、それはそうかもしれない……」

晴香にしてみれば、最初から最後まで何一つ知らされないのが一番なのかもしれない。
ただ現実的にそれは厳しい。
俺と晴香が恋人という極めて親しい間柄である以上、いつかはバレる。

「友衛はどうすればいいと思う?」

「……とりあえず時雨ちゃんに事情を話して、学校ではなるべく距離を置くようにしてもらうのは絶対だろう。その間に晴香ちゃんとの仲を深めて、打ち明ける準備を進めるしかないんじゃないか?」

「仲を深めるって、具体的にはどのくらいまで?」

「最低限でもセックスは済ますべきじゃね」

「最低限でそこ⁉」

「そこまで行ってもヤベー話だと思うぞ。ヒロの状況は。ただ確実なマストとして言えるのは親父さんが帰ってくるまでの一年間は何があろうと隠し通さなきゃダメだ。流石に二人きりで同居はキツイ。一発失格（レッド）ってヤツだぜそいつはよ」

ま、まあそうだな。セ、セ、セ……エッチは置いとくとしても、オヤジが戻ってくるまでは確かにマストだ。二人っきりと親と同居の四人暮らしじゃ、受ける印象がまるで違う。

俺はわかったと頷（うなず）いて、先ほどから俺を心配そうに見ている剛士にも意見を求める。

「剛士はどう思う？」

「……ワシの正直な意見を言っていいか？」

おお、すげえ真剣な顔だ。

俺のことを心から心配してくれているのがわかる。

俺は本当にいい友達を持った。

「頼む。思ったこと何でも言ってくれっ」

「わかった。ワシが思うに博道（ひろみち）、お前に足りないのはズバリ、テストステロンじゃ！」

……はい？

「テストステロンとは筋肉を増大させ男らしい体にする男性ホルモンじゃ。そしてテストステロンは肉体だけでなく精神にも作用して行動力や決断力の源となる。だからこれが低下すると自分に自信がなくなる。博道がそうやってウジウジ悩んでいるのはそれが原因！　となれば解決方法はただ一つ！　筋トレじゃ！　筋肉を増やせばテストステロンも増える！　筋肉はすべてを解決する！　さあ悩みなんて投げ捨てて、ジョニーよダンベルを取れ！」

うん。剛士(きんにく)に恋愛相談をした俺が間違ってたわ。

「でもさあヒロ、あの二人ホント似すぎじゃね？」
「ああ俺もそう思う。ビックリだよな」
「いや軽いよヒロ。軽すぎるってその認識。オレも最初はよく似た人間もいるもんだなって思ってたけど、ちょっと注意して見てみたらパーツの細部や体型までそっくりだぞ。正直他人の空似ってレベルじゃない。もしかしたらあの二人ってさ――」

と友衛が何かを怖々(こわごわ)と切り出そうとした、そのときだった。

「あ、博道さんだー」

「し、時雨ッ⁉」

話題の中心人物が、俺達のテーブルにやってきた。

「何をそんな驚いてるんですか？　お隣同士じゃないですか。えっと、そちらの方は、確か同じクラスの若林さんですよね？」

「名乗った覚えはないけど、よく知ってるね」

「有名ですもん。クラスの女子みんな自慢してましたよ。あんなカッコイイ男子は修英館にもいないでしょ、って。……んと、そちらの大きい人ははじめましてですね。お名前聞いてもいいですか？」

「わ、ワシか⁉」

指名に剛士は椅子(いす)から飛び上がる。

こいつは男性ホルモンが過剰なせいか俺以上に女子に敏感だ。

「ワシは普通科二年の武田剛士じゃ！　よ、よろしくな！」

「今日転校してきました特進二年の佐藤時雨です。こちらこそよろしくお願いします」

「～～～～～っ」


ニッコリ猫かぶり笑顔で社交辞令を返す時雨に、剛士は鼻息を荒くする。

そして隣の友衛に耳打ちした。


「お、おい友衛。この子、ワシの名前を聞いてきたぞっ。こ、これはやっぱり、ワ、ワシに気があるって事なんじゃなっ」

「何厚かましいこと言ってんのこのタンパク質」

「あ、皆さんお食事中でしたね。ごめんなさい、おじゃましちゃって」

「いいよいいよ。時雨ちゃんも昼メシ？　このテーブルでよかったら座る？」


そういうと友衛は四人掛けテーブルの最後の一席を指す。

俺に時雨に協力を求める機会を作ろうとしてくれているのかもしれない。

だがこの誘いに時雨は首を横に振って、言った。

「いえ。実は人を探していまして。ああそうだ。武田さんは普通科の二年生なんですよね。だったらちょっとお尋ねしたいんですけど、才川晴香という女子生徒を知りませんか？」

「時雨ッッ!!!!」

瞬間、大きな声が時雨を呼んだ。それは俺のよく知る、俺の大好きな声だった。

まさか――

反射的に否定したくなるが、間違いではなかった。

声に目を向ければ、そこには汗を滴らせながら肩で息をしている俺の恋人・才川晴香の姿があって――

「ハァ、ハァッ、ッし、時雨、ほんとうに、時雨なの⁉」

「……姉さん」

「っ～～!!　しぐれぇーーっ!!　ぁぁあっ、うわぁああぁぁ～～～～っ!!!!」

晴香は、時雨に抱き着いた。

搔き抱くように。力いっぱい。

そしてわんわんと声を上げて泣きじゃくる。

俺はその恋人の姿をただただ混乱の中で見つめる。

いや、だって、

なんで晴香が時雨のことを知ってるんだ？

いや、もっと言えば、

今時雨は、晴香のことをなんて呼んだ？

姉さん。姉さんって、言ってなかったか……⁉

混乱に立ち尽くす俺。

そんな俺に時雨はちらりと目を向け、言った。

「ああ、すみません置いてけぼりにして。まあ顔を見てもらえればわかるかもしれませんけど実は私と姉（ねえ）……晴香さんは前の両親が離婚したときに離れ離れになった、双子の姉妹（しまい）なんです」

×　×　×

「ぐすっ、ごめんね。顔合わせるなりいきなり取り乱しちゃって……」

「ううんいいよ。でもびっくりしたよ。私とそっくりの生徒がいるって聞いて、もしかしたらって思って探してたんだけど、ホントに姉さんだったんだね」

「あたしも、自分とそっくりな転校生の噂を聞いて、時雨が戻ってきたのかもって探したら本当に時雨で、たくさん話したい事、っ、があったんだけど、時雨の顔見たらもう、胸の中がいっぱいになって、ぅぅぅぅ～～～っ」

「もう泣かないで姉さん。姉さんは大きくなっても泣き虫のままだなぁ」

「……時雨、……元気でよかったぁ」

「うん。私も姉さんが元気そうで嬉しい」


仲睦まじく抱擁を交わす——姉妹。

幼いころ両親の離婚という破局に、一方的に引きはがされた絆。

それが今奇跡的にめぐり逢ったのだ。

いや本当に美しい。美しい光景だ。

泡吹きながら白目むいてたからあんまり見えなかったけどな！


「さて……と、家族水入らずの邪魔をしたら悪いし、オレはこの辺で失礼しようかな。剛士も行こうぜ。じゃあなヒロ。お達者で」

「待て。待って。頼むから俺を一人にするな。お前みたいなイケメン友人キャラは困った主人公にしたり顔で助言するためだけに存在するキャラだろっ。この場合俺はどうすればいい⁉」

彼女そっくりな妹が出来たと思ったら、その妹が彼女の妹でもあった兄貴は、今後どういう風に二人と接すればいいんだ⁉」

「知らねえよっ。イケメン友人キャラにも扱える問題の限度ってモンがあるわ。主人公なら主人公らしく自分の力でなんとかしろっ。こんなヘドロまみれのドブ川みたいな人間模様にオレを引きずりこもうとするんじゃないっ」

「ふざけんなちゃんと役割を果たせ。おい剛士、お前もなんか言ってくれよっ」

「うーん。よく似た二人じゃな。まるで双子のようじゃ」

「コイツ状況わかってないな⁉」

「あれっ⁉　もしかして、ひ、博道くん⁉」

女子同士の美しい光景の傍(かたわ)ら、男共が小声でぎゃーぎゃーと足の引っ張り合いをしていると、今まで時雨しか映していなかった晴香の瞳(ひとみ)が俺を見つけた。

「お、おっす」

「やだあたし、博道くんの前でこんなブス顔、……み、みないでっ」

泣き顔を見られるのが恥ずかしいのだろう。

晴香は顔をぼっと赤くして、時雨の後ろに隠れる。

かわいい（現実逃避）。

「姉さん、博道さんと知り合いなの？」

「う、うん。知り合い、というか……恋人、です」

「ゔぇ」

なんか時雨の口からすごい声が出てきた。

絞め殺される鶏みたいな。

「あれ？　そういう時雨はどうして博道くんのこと知ってるの？」

そしてついにキラーパスが来た！

決定的な、致命的な質問だ。

もし今、時雨があの底意地の悪い笑顔を浮かべていたら、俺は……！

「……私も特進だから、博道さんとは同じクラスなの」

「へえ、時雨も特進なんだ！　すごいなー。昔から賢かったもんねー」


え……？

今、時雨の奴、誤魔化（ごまか）してくれた？　のか？


「すみません。ちょっと姉妹二人積もる話もあるので、姉さんお借りしていきます」

「博道くん、ありがと。……今日はすっぽかしちゃってゴメンね」

「あ、い……いいよ。事情が事情だし……」

「ありがとう。この埋め合わせは、絶対にするからねっ」


二人は手を振りながら食堂の中へ入っていく。

中で食事をしながら話すつもりなんだろう。

それを見送ったあと、俺は緊張から解放された反動で、腰を抜かすように椅子にもたれかかった。


「い、一時はどうなるかと思った……」

「ああ、でもちゃんと察して合わせてくれたな。やっぱ頭いいわあの子。それにヒロが言うほど悪い子でもない。超えちゃいけない一線をちゃんと見極めてる」

「……ああ」

「あれだけ物わかりがいいなら、これからもちゃんと空気読んでお前とは距離を置いてくれそうだな。協力して貰えばそこそこ長い時間隠し通すことも出来るんじゃないか？」

「…………、ああ」


正直、時雨には助けられた。

昨日今日とあれだけからかわれたもんだから、俺に自分とそっくりな恋人がいるなんて知ったら絶対すっちゃかめっちゃかにイジってくるに違いないと、そう思っていたけど、どうやらそこまで性質の悪い絡みをする子ではなかったらしい。

よかった。

それは、よかった。

――ただ、
安堵の後に、どうにも気持ち悪い泥の様なものが胸に痞えてる。

なんでも正直に話すことが誠実さではない。

友衛の言うことはよくわかる。
正直であることは時として自己満足でしかないのかもしれない。
でも――
晴香(かのじょ)に嘘をついて、
時雨(いもうと)に嘘を吐かせて、
……本当にそれでいいんだろうか。
彼氏として、兄貴として、本当に……。
恋人にも義妹にも不誠実な、宙ぶらりんな居心地の悪さ。
それとも、これを秘め隠すことこそが男の甲斐性というものなんだろうか。
俺にはどうにも、わからなかった。

カノジョの妹とキスをした

I kissed My Girlfriend's Little Sister

第六話　あまがみ×ドメスティック

帰りのホームルームが終わったあと、時雨が放課後、晴香とお茶してくる旨を耳打ちしてきた。

二人が離れ離れになったのがいつかは知らないが、俺が晴香と初めて出会った小学四年の学童保育では、すでに晴香は一人だったはずだ。

姉妹がいたなら、同じ学童保育に預けられるはずだしな。

最短でも七年。

七年ぶりの姉妹の再会となれば、一日二日では語りつくせないことも多いだろう。

夕食までには帰るという時雨にわかったと返して、俺は久しぶりに男友達と下校する。

そして家に戻ると、軽く顔を洗ってから自習を始めた。

日課だから、というのもあるが、昼間からずっと胸に痞えている処理しきれない感情から逃げたかったのだ。

つまりは、恋人として、兄として、本当にこれでいいのか否か。

「……いや良いも何も、これ以外ないじゃん」

一人ごちる。

友衛(ともえ)の言うことは正しい。

今晴香にすべてをありのまま伝えても楽になるのは俺だけだ。

晴香にだけ負担を強いる甘ったれた行為。

晴香を大切に思うなら、隠し事をする後ろめたさは恋人である俺が背負うべきもの。

時雨に嘘(うそ)を吐(つ)かせたことに関しても、そもそも俺達の両親が再婚したことを内緒にしようと言い出したのは他でもない時雨のほうだ。

俺が嘘をつかせたってことにはならない。はず。

「なんだけど……」

どう現実の解釈を変えても心のもやもやが晴れない。

勉強に集中しようとしても、その気持ち悪さから逃げることは出来なかった。

それは初めての経験だった。

やがては机に向かう気も失せ、ぼーっと窓から差し込む茜(あかね)に染まる天井(てんじょう)を眺める。

上の空だ。

時雨の帰りも遅くなるだろうし、晩御飯の用意でもしておくか？

そんな考えがよぎるも、昨晩キッチンには自分が立つと言った時雨の言葉を思い出し、それを無視して下手な負い目を与えないかと思いとどまる。

変なおせっかいだ。

自分でも何をしょうもないことをと思うのだが、どうにもならない。

そうして愚にもつかない思考を弄（もてあそ）んでいるうちに日は沈み、時雨が家に帰ってきた。


「ただいま～」

「……おかえり。早かったな。てっきり晴香と晩飯くらい食べてくるもんと思ってた」

「おにーさんと約束しましたからね。料理は私がするって」

「別に気にしなくてもよかったのに」

「気にしますよ。おにーさんそういうどうでもいいとこで律儀（りちぎ）そうだし」

「ぐ……」

わずか一日にしてここまで見透かされるのは、時雨の洞察力がすごいのか、それとも俺という人間がそれだけ薄っぺらいということだろうか。後者なら滅茶苦茶（めちゃくちゃ）へこむ。

「すぐ御夕飯を用意しますのでちょっと待っててください。まあお味噌汁がまだあるので、主菜一品作るだけですけどね」


言うと時雨は手を洗って、冷蔵庫からラップをかけたボウルを取り出した。

中に入っているのは、生姜醤油（しょうがじょうゆ）に漬けた豚肉。

たぶん、朝のうちに下ごしらえを済ませていたのだろう。

やっぱり、冷蔵庫の中に何があるかすら把握（はあく）していない俺がキッチンに立つなんて、おこがましい話だった。

俺は晩御飯の仕度を時雨に任せきると決め込む。

しかしそうなると、手持ち無沙汰（てもちぶさた）だ。

一人ならぼーっと時間を無駄にするのも気にならないが、同じ部屋にもう一人、しかも働いている人間がいるとそれも居心地が悪い。

気が付けば俺は時雨に話しかけていた。

もちろん、話題は今日の出来事について――


「……晴香と双子の姉妹だったんだな。どおりでそっくりなわけだ」

「ええまあ……。小学校に上がったばかりの頃かなぁ。お母さんが前のお父さんと別れて、わけもわからないまま離れ離れになっちゃって、それ以来顔も合わせてなかったんですけどね」

となると、約十年ぶりの再会になるのか。

そりゃ晴香も大泣きするわけだ。

「じゃあ時雨も昔はこの辺に住んでたんだな」

「ええ。だからこの街に戻ってくることになったとき、もしかしたら姉さんに逢えるかもって期待しました。期待したからこそ、予定を一年早めて私だけ先に引っ越してきたんです」

「え、そうなのか?」

「はい。お母さんは私もアメリカに連れていくつもりだったんですよ。私の成績なら留学先にも困りませんからね。でも、姉さんに逢いたかったから、私は母の反対を押し切ってこの家に一年早く来ました。……そのために、姉さんと離れ離れになったのはお母さんのせいだって、結構ずるいことも言ったりして」

時雨の声のトーンが少し落ちる。

そのことを後悔しているのかもしれない。

だが、それは手段を選ばないほど、時雨が晴香に逢いたかったということでもある。

「……晴香とは、話したいことは話せたのか」

「はい。離ればなれになった後のこと。姉さんのこと。お父さんのこと。色々と」

「そっか。よかったな」

「でも一番姉さんが話題にしたのはおにーさんのことでしたケド」

「お、俺⁉」

「ええ、ええ、そりゃもう餡子にはちみつをぶっかけたようなノロケ話を延々と聞かせていただきました。ショージキ胸焼けしてます。私」


晴香が俺にの、ノロケ⁉

しかも胸焼けがするほどの⁉

やべえなにそれめっちゃ知りたい！


「ち、ちなみに晴香はどんなふうにノロケてたんだ？」

「それは教えられませんねー。乙女の秘密です」

「ぐぅ、五百円で手を打たないか？」

「あは☆　本人の口から聞くのを楽しみにしていてください」

買収失敗。まことに無念である。

「でもおにーさん、姉さんと付き合っていたんですね。ビックリしましたよ。自分の周りにこんなえげつない相関図が出来上がってるなんて。でも、それでようやく合点がいきました」

「合点？」

「だっておにーさん、初めて逢った時から変な目で私を見てたんですもん。私の可愛さに見とれるわけでも、猿みたいに性欲に目を血走らせるわけでも、無駄にカッコつけて気取ってるわけでもない。——どこか困ってる感じの目」

「……そういうの、わかるもんなの？」

「ある程度は。正直失礼な話ですよねー。こんな美少女と一緒に暮らせるっていうのに」

「自分で言うのかそれ」

「今朝のキスも私的にはサービスのつもりだったんですよ？　なのにガチ目につらそうな顔してるんですもん。アレ結構傷つきましたよ」

そうか、だから途中でやめてくれたのか。

「……まあでも、理由を知れば納得です。そりゃ扱いに困りますよね。彼女と瓜二つな妹なんて。そういうことなら早く教えてくれればよかったのに」

「いや、なんか教えたら面白がって滅茶苦茶にされそうな気がして」

「失礼な。おにーさんは私をなんだと思ってるんですか。私にだってやっていいことと悪いことの分別くらいあります」

うん。今は、そう思う。

時雨はそんなに悪い子じゃない。

人が本当に嫌がることや困ることはしない。

ちゃんと、『甘噛み』で済む範囲を見極めてるって。

「おにーさんの事情はよくわかりました。姉さんと恋人だというなら、確かに昨日や今朝みたいなのはよくないですね。困らせてしまってごめんなさい。もうしません」

恋人の生き別れた双子の妹と同居。

それはまるで、ほんの少し衝撃を加えたら爆発する爆弾のよう。

その危うさにも理解を示してくれる。

「慌てるおにーさんを見るのは楽しかったですけど、……姉さんの大切な人なら、下手に誘惑して、その気になられたりしたら困りますもんね。姉さんを悲しませるようなことはしたくありませんし。これからは学校ではもちろんですけど、私生活でも距離を置くようにします」

「距離を置く？」

「ええ。あんまり関わりを持たないように。ああもちろん、一緒に暮らしていることを隠すのには、私も全力で協力しますよ。そうですね、最低でも一年、お母さん達が帰ってくるまでは隠した方がいいと思います。二人で協力すればそのくらいはなんとかなるでしょう」

そう言って時雨は俺に笑顔を見せる。

それはあの小悪魔な底意地の悪い顔ではない。

優しげな、……しかし、どこか寂しそうな笑顔で、

『私ずっと年上の兄弟が欲しかったんです』

……ああ、なるほど。

今わかった。

晴香に隠す以外、選べる選択肢がないとわかっているにもかかわらず、どうして心のもやもやがいつまでも晴れなかったのかが。

俺は、それしか選べない程度にしか晴香との関係を作れなかった自分が情けないんだ。


そりゃそうだ。

隠し事なんてしない方がいいに決まってる。

時雨の存在を明かしても揺るがない絆(きずな)を結べてさえいたら、何も問題はなかったんだ。

でもそのベストは選べなかった。

それは俺の不出来が招いた問題だ。

だってのに、俺はこの上、自分の不出来をそのままに、妹に頼ろうとしている。

こんな……似合わない気遣わしげな笑顔を浮かべさせて。

そんなんでいいのか。恋人として、兄として。

——いいわけが、ない。

瞬間、俺は立ち上がって時雨の傍(そば)に行き、言った。

「時雨、あんまり俺を見損なうんじゃない」

「……え？」

「確かに晴香に内緒にしてくれたことは感謝してる。でもそれ以上は余計なお世話だ。

そもそも誰（だれ）が本気になるだって？

お前みたいな性悪（しょうわる）が何をしたところで、俺の晴香への気持ちがどうにかなるわけがないだろう。身の程を弁（わきま）えろ。

お前にどれだけイジられようが、今朝みたく誘惑されようが、関係ないんだよ。

俺の一番大切な恋人は晴香で、俺の一番大切な妹は時雨だ。

それが変わる事なんてない。絶対に」

「……！」

「だからお前は変な気をまわさないで好きに甘えればいいんだ。そのくらい受け止めてやる。

俺はもうお前の兄貴なんだからな」


俺はたぶん今墓穴を掘ってる。それも、ものすごい深いやつを。

でもこれでいい。これがいい。

恋人としての不出来。

兄貴としての不出来。

どっちも最近なったばかりなんだ。多少の不出来は仕方ない。

でもそのツケを晴香や時雨に回して、いつまでも仕方ないで済ませるのはダメだ。
恋人としての不出来も、兄としての不出来も、自分の力で少しずつ克服していこう。
一日でも早く、――晴香に本当の事を話せるように。
たぶんそれが、俺が今選べる一番まっとうな答えだと思うから。
それに気づいたとき俺の胸の痞えはようやく取れて、

「……ふふ、あはは。あはははっ！」

時雨の顔にもあの笑顔が戻った。
底意地の悪い、晴香とは似ても似つかない笑顔が。

「何がおかしいんだよ」
「いやはや。バスタオルを巻いた私の姿にパニクって、キャミの紐にすら気づけなくなっちゃうような異性耐性ゼロのクソ雑魚ナメクジのくせに、ずいぶんと一丁前にカッコつけるじゃないですか。おにーさん」

うぐ。

「あれは不意打ちだったから……！　もう今はお前の本性はわかってるんだ！　二度と同じ手はくわねーよっ！」

「アハッ☆　どーだか。…………………でも」

「っ……⁉」

瞬間、息が止まった。

時雨が俺の背に手をまわし、抱きついてきたから。

そして時雨は俺の胸に顔を埋めて、言った。

「姉さんがおにーさんを好きになった理由、今ちょっとわかった気がします」

「し、時雨……⁉」

「余裕なんてこれっぽっちもないくせに、私のために頑張ってくれるんですね。そういうところとっても素敵だと思います。……私も狙っちゃおうかなぁ。おにーさんのこと」

「な、なぁ⁉」

「ほら私達双子ですし、姉さんのことが好きなら私のことだって好きになれると思うんですよ。私の方はおにーさんのこと、もう結構好きですし。どうですおにーさん。私に浮気してみませんか？」

こ、こここコイツいきなり何を――

「なぁ～んちゃって。本気にしました？」

「っっっ～～～～～～!!」

「アハハッ。顔真っ赤！　もーコロっと騙されてその気になる。進歩のない人ですねー、おにーさんは」

俺の胸の中でにひひと笑う時雨。

くそ！　わかってたよ！　こんなことだろうなーとは思ってたよ！

でも抱き着かれてあんなこと言われたら、どうしても顔が熱くなっちまうんだ。

「大丈夫なんですかぁ？　そんな調子で私の好きにしていいなんていっちゃって。意外に思われるかもしれませんけど、私って結構意地が悪いんですよ？」

「意外でも何でもねーわ。たのしそーな顔しやがって」

「吐いたツバは飲ませませんよ？」

ぐいと時雨の細い指が俺のネクタイを引く。

挑発的な笑みを浮かべた時雨の顔が、息がかかるほどの距離に迫る。

晴香ともこんなに顔を近づけたことはない。

俺はどうしようも無くドキッとしてしまうが、精一杯の虚勢を張った。

「……男に二言はない。生意気な妹がどれだけじゃれついてこようと、俺の包容力で受け止め切って兄の偉大さを思い知らせてやる」

それを聞くと、時雨は気が済んだのか俺から体を離した。

「まあでも学校では慎むことにします。兄妹だって内緒ですし、姉さんに嫌な思いさせたくないですからね。ただし、この家の中ではおにーさんは私の、私だけのおにーさんです。いっぱいじゃれつくので、可愛い妹をたっぷり甘やかしてくださいね♡」

右の口の端を指で押し広げ、白く輝く犬歯を見せびらかす時雨。

まるでこの牙(きば)で噛みついてやるぞと言わんばかりだ。

……うん、やっぱり俺は余計なことを言ったんだろう。

それはもう間違い無い。

でも、それはもう、望むところというやつなのだった。

「あ、カーテン買うの忘れた」

カノジョの妹とキスをした

I kissed My Girlfriend's Little Sister

第七話　あわあわ×アフタヌーン

彼女そっくりな妹が出来てから数日が経った。

時雨は卓越したコミュ力であっという間に特進に溶け込んでいた。

遠目に見ていればわかるが、時雨は人との間合いの取り方がうまいのだ。

どの休み時間も、どこかしらのグループの輪の中にいて孤立することがない。

一方で自分が中心になることもなく、極めてニュートラルな位置で行き過ぎた好意も新参者に対する反感も買わないように動いている。

友衛が言っていた通りだ。

自分の戦力を正確に分析し、周囲をコントロールする。

それが時雨の処世術なのだろう。

達者なものだ。


一方、俺達兄妹の関係も良好に推移していた。

目の前に居る彼女と瓜二つな妹という存在に対して、どう向き合うか。その一応の方針というか、時雨を受け止める覚悟が俺の中に出来たおかげだ。

今では、普段の接し方からも照れが消えた。

晴香（はるか）と付き合う前は女子とまともに話をしたこともなかったのに。

人間必要に駆られると否応なく順応するものだなと思い知る。


とはいえ、……やっぱり異性であることを意識させる絡（から）みには慣れない。

それも恋人と瓜二つの容姿というのがことさら厄介だ。

ダメだとわかりつつも、ときおり時雨に晴香の姿を重ねてしまう。

だから時雨にはことあるごとにやめろと言うんだが『好きに甘えていいんでしょ？』と聞きやしない。うっかり与えてしまった免罪符を振りかざし好き勝手だ。

その都度、俺は自らの軽率を呪う。

呪うのだが、時雨の心底楽しそうな顔を見ると、まあいいかという気分になってしまうあたり、我ながら優しすぎる兄貴だと思う。ホントに。


そして、時雨がやってきてから初めての週末。

その日、俺と時雨は昼から家電量販店に行き、時雨がどうしても欲しいと言ったオーブンレンジ（ウチには普通の電子レンジしかなかった）を購入。

配送を手配したあと、その足でスーパーに行き大量の食材を買い込んで、夕方頃に家に戻ってきた。

「おーもーいー。おにーさん、か弱い妹にこんな大荷物を持たせるなんて鬼ですか。ちょっとは手伝ってくださいよー」

「水と魚と肉と米まで俺が持ってるだろうが。野菜くらい持て」

「せめてカボチャだけでも」

「せめてで一番重いもん寄越してくんなっ。大体お前が特売だからって四本もコーラを買うから俺の手が一本塞がってるんだろ」

「ひーんひーん」

似合いもしない弱々しい泣き声を無視しながら、俺はアパートの鉄骨階段を上る。

雨で腐って所々穴の開いている鉄板がいつも以上に軋んだ。

抜けたりしないだろうな……。

おっかなびっくり上って、俺達二人は自宅へたどり着く。

「ただいま」

「ただいまぁ。あーつかれたぁ」

そういえばいつの間にか、家に戻ったとき、ただいまと言うようになった。

今のように、家の中に誰もいなくても、だ。

一人で暮らしているときはそんなことなかったんだけどな。

そんな何でもないことに感慨を覚えながら、俺は玄関で倒れてる時雨を捨て置き、家の中に入るとキッチンの傍で大量に抱えた物資を下ろす。

「じゃあさっそく生物から冷蔵庫に詰めちまうか」

「いやいやいや、ちょっと待ってくださいよおにーさん、なにしやがるつもりですか⁉」

途端、先ほどまで玄関で倒れていた時雨が跳ね起き、慌てて走り寄ってきた。

「何をって、だから買ってきたものを冷蔵庫に入れようと――」

「家に帰ったらまず手を洗う！　五歳児でも知ってる常識でしょうに！」

「ああ、なんだよそんなことか。時雨は細かいなぁー」

「……は?」

え、何その低い声、怖い。

お前そんな声も出せたの?

「ではお聞きしますが、おにーさんは今日外で一度もチンポジを直さなかったんですか?」

「ちんっ、――お、お前はまたそういう」

「おにーさん。私は今まじめな話をしています。どうなんです」

「な、直してない」

マジトーンにマジ顔。

それに気圧(けお)されて俺は質問に答えてしまう。

「本当ですか? 無意識のうちにやってないですか? まだ五月末だというのに今日はずいぶんと暑かったですよね。そんな日におにーさんの服装はデニムです。結構蒸れたんじゃないですか? 蒸れて気持ち悪くなってきて、私の視線が外れた瞬間に思わず。――そんなことがなかったと言い切れますか?」

「う、それは」

わからない。

覚えている限りないのは間違いないが、もしかしたら、俺自身意識していないうちに直していたかもしれない。

男にとってそれは呼吸の様なものだから。

「もし一度でも直していたら、そんな手でキッチンを、冷蔵庫の取っ手を触ろうなんて、こんなのはもう立派なバイオテロです。私は台所の守護者としておにーさんのテロリズムに対して相応の鉄槌を下すでしょう。

そこのところを確認した上でもう一度お聞きします。天地神明に誓って、じっちゃんの名にかけて、おにーさんの眼球にかけて、本当にチンポジを直してないと言い切れますか？」

「わかった！　わかったよ！　先に洗えばいいんだろっ！」

俺の眼球に何をするつもりだ。

俺は時雨の圧力から逃げるようにシンクに立って、手を水にさらした。

「最初から素直にそうすればいいんです。ちゃんと爪の間まで洗うんですよ？」

「お前は俺のオカンか」

「バブみを感じてしまいましたか？」

「どっちかってとババみかなぁ」

「えいっ」


ハンドソープを泡立てていると、ケツで押された。


「詰めてください。狭いんですから」

「へいへい」


脱衣所すらないこの家には洗面台などという贅沢品はない。

手を洗う場所も歯を磨く場所も、すべてこのシンクなのだ。

俺は横にずれ、空いた場所に時雨が収まる。

そして水に手をさらし、ハンドソープを手に取ろうとボトルを押す。

だがそこで時雨は「あれ？」と首を傾げた。

その後、複数回ボトルをプッシュ。

しかし、手にはほんのわずかな量のソープしか落ちてこない。


「ないのか」

「はい。切れちゃったみたいです。詰め替えってありましたっけ」

「あーいや、この間全部つかったなそういえば」

「ぐぬぬ、この私としたことがなんという手抜かりを」

「台所の守護者が聞いてあきれるな」

「むー。まあないものは仕方ないですね。おにーさん、ちょっとお借りしますよ」

「ん？　借りるってなにぅおっ⁉」

驚きのあまり俺の喉(のど)から奇声が上がった。

だ、だって仕方ないだろう。

妹とはいえ、いきなり女子に手を握られたらビックリするのは当然だ。

「な、ななにをしてんだっ」

「なにって、ハンドソープがおにーさんの使ったので最後なんですから、こうやって一緒に洗うしかないじゃないですかー」

「汚いだろ……っ」

「汚くはないでしょう。今まさに殺菌してるんですから。あれ、もしかしておにーさん、私に手を触られて照れてます？　いけませんよ。姉さんという素敵なカノジョがいるのに」


にまぁと時雨の口元が緩む。

俺をいじめたくて仕方ないと言わんばかりの、底意地の悪い顔。

それでいて心底楽しそうな顔。

俺が恥ずかしがっているのを見て楽しんでいるんだ。

なめるなよ……。


「この間言ったろ。お前なんか眼中にないって。手くらい勝手に使え」

「そうですかぁ？　じゃあ遠慮なく♡」

「ッ……」


ぬるぬると滑る白い手が俺の手を撫でる。

その刺激に背筋がゾクゾクと震えるが、でも、大丈夫だ。

晴香の手を握ったあの時のドキドキに比べればこんなもの、なんてことない。

「へぇ？　結構平気そうですね？」

「いい加減俺を見くびりすぎだ。この程度のボディタッチで彼女持ちの男は動揺しない。こんな手と手を合わせるおままごとはな、もう一週間前にとっくに通過したんだよ！」

「またえらく最近の話ですね。……でもちょっと残念です。もうすこしおにーさんのヨワヨワなところが見られるかと思ったんですけど」

ふ、勝った。

やられっぱなしは癪に障るからな。

たまには勝っておかないと。

「だけど、こうしてみるとやっぱりおにーさんも男の人なんですね」

「どういう意味だ？」

「手ですよ。手。並べてみるとわかりやすいです。私の手と太さも大きさも全然違いますよ。ほら」

「まあ、そりゃ当たり前――」

「えいっ」

「ひゃあっ⁉」

まさに俺の油断をついた一瞬の早業だった。

時雨は俺と手のひらを合わせて大きさ比べをする体勢から、五指をぎゅっと握りこむ動きで俺の指の股に自分の指を滑り込ませてきたのだ。

にゅるりと、ソープでぬめる五本の指が敏感な指の股をくすぐる。

そのむず痒いような刺激にたまらず変な声が出た。


「アハッ。なんですかおにーさん、そのなっさけない声。可愛いなぁおにーさん。可愛くって……なんか、ちょっとエロい」

「～～～～っ！」


俺の情けない反応に時雨はますます調子に乗る。

白い指が蛇のように手に絡みついてくる。

そのたびに、ぬぷ。にゅぷ。ぐちゅ。

粘っこい音が夕焼けに赤く染まる静寂に響く。

「お顔から余裕がなくなってきましたね。フフ、こんな気持ちいいこと覚えちゃったら、姉さんと手を繋ぐたびにこの感触が蘇ってきちゃうんじゃないですか？　いけない彼氏さんですねぇ。大好きな彼女と手を繋いでる時に、双子の妹のことを考えるだなんて」

「う……」


これヤバイ……！

やってることは手を洗ってるだけなのに、すげぇエロイことしてる気分になってきた！

こんな感触を覚えさせられたら、本当に晴香と手を繋ぐたびに時雨のことを思い出しかねない。それは、ダメだ！

でも、やめろと口にしようと一度口を開けば、また変な声が漏れてしまいそうだ。

そんなことになったらまた笑われてしまう。

クソ、なんだって時雨は平気なんだ。

時雨だって素手なんだ。同じ刺激を受けているはずなのに。

……いや、平気なわけない。

人間の肌の感度にそこまで違いがあるはずがない。

くすぐったいものはくすぐったい。誰だってそのはず。

俺が受け身に回りすぎてるのがいけないんだ。

反転攻勢。

攻めに転じてやる。

その澄ました顔を情けなく歪(ゆが)ませてやる。

俺はそう意気込んで、時雨の手をぎゅっと握り返してやった。


「あっ」


今だ！　どんな情けない顔をしているか、マジマジと見てやる……！

俺は時雨の表情に目を向けて——


心臓が、跳ね上がった。


「〜〜〜〜ッッ、も、もういいっ!!」

「こ、こら、おにーさん!?　まだ爪の間を洗っていませんよ！」

「自分で洗う！　もう泡は十分移ったからいいだろ！」

「あああ〜、そんな泡をぼとぼと落としてっ」

「後で拭くから！」


俺は逃げるようにキッチンの隣の風呂場へ駆け込む。

いや、ように、じゃない。

俺は逃げたんだ。

だって、俺に手を握られた時雨の顔が……、

俺といる時の、幸せそうな晴香の顔にあまりにも似すぎていたから。


……心臓の音が、うるさい。

体が火が付いたみたいに熱くなってくる。

あの時雨を見た瞬間、俺の中ではっきりと分かれつつあった晴香と時雨の存在が、混じり合いそうになった。

そして、それは一度混ざり合うと、二度とは元には戻らない。そんな予感がした。

俺と一緒に過ごす時間、どこか熱っぽく潤む俺を見つめる時の晴香の瞳。

それと瓜二つな時雨のさっきの表情。

……もしかして、

俺の脳裏(のうり)に馬鹿馬鹿(ばかばか)しいほどに自意識過剰な妄想が浮かぶ。

だがそれと同時に、手の泡を落とそうと風呂場の蛇口に手を伸ばした俺の視界に、傍に鎮座する石鹸(せっけん)が入った。…………あれ、これって、

「なあ。今思ったんだが、風呂場の石鹸を使えばよかったんじゃねーの」

「あ、それがありましたね。気付きませんでした。ごめんなさーい」

「…………」

てへぺろと詫(わ)びる時雨。

その顔はいつものいじわるな時雨だ。

コイツ絶対気付いてただろ。

……まったく、危ない危ない。

危うく童貞丸出しの妄想を信じてしまうところだった。

身の程知らずもいいところだ。

そもそもこの小悪魔があんな晴香みたいな表情をするわけがない。
だって、晴香のあの表情はきっと、
俺を愛してくれている人間だからこその表情だから。
きっとさっきのは、夕焼けの見せた幻だったのだろう。
きっと、そうに違いない。

カノジョの妹とキスをした

I kissed My Girlfriend's Little Sister♥

第八話　あべこべ×ユニフォーム

その日、家に帰ると居間に晴香がいた。


「はぁあああああああああああああああ!?!?!?」

「あ。博道くん。おじゃましてまーす」

「ど、どどどうして晴香が俺の家にィィィィ!?!?!?」


あまりの出来事に俺の頭は一瞬にしてパニックになった。

何で晴香がここに居るんだ。

何で晴香が俺の家を知ってるんだ。

いろんな疑問が一気に噴出し、目が回りそうになる。

どどどどうする。

と、とりあえずお茶でも出して――ってそんな場合か!?

これもしかして俺と時雨のこともバレたんじゃ…………、ん？　時雨？

ちょっとまて。

まさか、と改めて居間の晴香を見ると、彼女は、にまぁと、意地の悪い笑顔を浮かべてカラカラ笑い始めた。

「あは！　あははははっ！　おにーさん反応よすぎー」

「やっぱりおまえ時雨か！」

「ハイ、おにーさんの可愛い妹の時雨です。もーおにーさんってばこっちが欲しいリアクションを間違いなく返してくれるんだもん。芸人の素質がありますね」

「勘弁してくれよもぉ……」

身体の力が抜け、たまらず壁にもたれかかる。

そう。星雲の制服姿だったので一瞬わからなかったが、居間に居たのは星雲の制服を着た時雨だったのだ。

本当にびっくりした。心臓三個くらいつぶれたわ。

いや、ていうか……

「なんで時雨がその制服を着てるんだよ。買ったのか？」

「我が家にそんな余裕があるとでも？」

「ならどっから持ってきたんだよソレ」

「姉さんと今日一日だけ交換したんです。修英の制服を着てみたいっていうので」


時雨はずいと、形のいい胸を張って答える。

シャツインしているせいか、いつもより胸が大きく見えた。


「それに私もおにーさんの反応が見てみたかったし（笑）」

「……ご期待に副えたようでなによりだよ畜生」

「あはは。まあそう怒らないでくださいよ。おにーさんも満更じゃないんじゃないですか？」


は？　満更じゃない？


「なにが？」

「だって私と姉さんは顔立ちも、体格も、髪型までそっくりな双子なんですよ。その私が姉さんの服を着ているということは、これはもう自宅に姉さんがいるようなものですし！」

「スッポンが月になろうなんて図々しいにもほどがあると思わないか？」

「博道くん……抱・い・て♡」

「あ？」

「ちょ、瞳孔ガン開きのまま近づいてこないで！　こわいこわい！　その握りしめた2B鉛筆で私に何をするつもりですか⁉　ごめんなさいもうしませんから！」


まったくこの妹は。

俺は衝動的に握りしめていた2B鉛筆をちゃぶ台に置く。


「あー、こわかった。ちょっとした冗談だったのにマジギレは勘弁してくださいよ。おにーさんはユーモアが理解できない人ですねぇ」

「お前のユーモアにセンスがないだけだろ」

「おにーさん厳しいー」

「いいから着替えろよソレ。家の中だと制服は熱いだろ。クーラーねえしウチ」

「嫌ですよ。私だって着てみたかったんです。もうちょっと堪能させてください。……あ、そうだ。せっかくだし写真とっとこ」

言ってスマホを取り出す時雨。

女子ってなんでこんなに自撮り好きなんだろうな。それをネットにあげたりさ。

俺は自分の写真なんてこの世に残したいとも思わないんだが。

「うーんなんかイマイチですねー。おにーさん、カメラマンやってくださいよ」

「え、なんで俺が」

「だって自撮りじゃアングルとかポーズとか限られるし。何枚か撮ってくれたら着替えますから。……逆に撮ってくれないなら今日は一日これ着たまま過ごしちゃおっかなぁー？　家の中だからもっとラフに着崩しちゃったりして」

上目使いに俺を見上げながら、わざとらしく制服のネクタイをぐいと緩める時雨。

大きく開いた首元から蒸れた鎖骨が見えた。

こうなったらもう俺に選択の余地はない。

「……わかったよ。ほらスマホよこせ」

「はい。可愛く撮ってくださいね。私も準備しよっと」

そう言うとおもむろに靴下を脱いで素足になる時雨。


「なんで靴下を脱ぐ」

「ん？　素足の方がエロい写真が撮れていいかなって。こう放課後、家に遊びに来たカノジョ感出てて。ちょっといい雰囲気になったらそのまま押し倒せそうな油断しまくってる感じ、目指したいんですよ。超滾（たぎ）る」


わかる。

……いかん。思わず内心でおもっきり同意してしまった。

うっかり声に出なくてよかった。

もし口に出してたら絶対またからかわれていたところだ。

晴香の制服を着ていつもみたいな絡（から）み方されたらたまったもんじゃない。

生死にかかわる。

着替えてもらうためにも、さっさと写真を撮って満足して貰（もら）うとしよう。

「じゃあ好きなポーズが決まったら言ってくれ」

「はーい」

そうして俺は時雨のリクエスト通り、俺の家の居間を背景にポーズを決める時雨をカメラアプリで撮影し始めた。

畳の上、体育座りをしながら素足の指を弄ぶ姿。

ちゃぶ台にノートを広げ、シャーペンの尻を下唇に当て考え込む姿。

ごろんと畳の上に横になって、どこか物欲しそうな瞳でカメラを見上げる姿。

時雨の注文に応えながらアングルや距離を調整してポチポチパシャパシャ。

撮影しながら思う。

これ、めっちゃ滾るわ。


「うーん。横になってる写真は臍チラしたいですね。シャツ出すんでもう一度お願いします」

「…………」


どうしよう。

想像していたより、すっごいドキドキする。

相手は時雨だとどれだけ自分に言い聞かせても、制服のせいで晴香にしか見えない。

晴香が俺の部屋に来て、油断しきった姿を見せている。

どこか、誘っているような表情で。

そんな妄想で心臓が激しい鼓動を刻む。

マズイ。

こんなドキドキしてることがこの性悪にバレたら、絶対ろくなことにならない。

何としてでも隠し通さなくては。

だから俺は必死に表情を隠して、シャッターを切る。

そうして何とか俺はこの撮影会を乗り切ることに成功した。

スマホを時雨に返し、写真のチェックをさせる。


「……これで、満足か？」

「へー。おにーさん結構上手ですね。この角度とかほら。いい感じに夕日と影のコントラストが利(き)いてて。おにーさんローアングラーの才能ありますよ」

「そんな狭い界隈の中でもことさらニッチな才能いらねえよ」

「でもこうやって写真で改めて自分の姿を見ると、私と姉さんって本当にそっくりですね。顔はもちろんだけど、おっぱいのラインとか、お尻がすこし上向いてるところとか。おにーさんがキョドりまくるのも納得です」

「……キョドってないし」

あと女の子がおっぱいとかお尻とか発音しないでほしい。

なんかすごい居心地が悪くなるから。

「さあもうこれで気は済んだろ。早く着替えろよ」

「そうですね。そろそろ御夕飯の準備もしないとだし。流石(さすが)にこれ着たまま炊事して汚しちゃったらマズいですからね」

よかった。どうやら時雨も満足してくれたらしい。

これでようやく――

「ただ着替える前に、おにーさんにギャラを支払わないと」

「は？　ギャラ？」

「うりゃっ！」

意味のよくわからない言葉に疑問符を返した、瞬間だった。

時雨が畳に座っている俺を押し倒して、馬乗りになってきたのは。

「え？　な……？」

混乱して声も出せない俺。

そんな俺の胸に時雨は手を当てて、いつもの嗜虐(しぎゃく)的な笑みを見せる。

「……ふふ。すっごいドキドキしてる。スッポンとか言いながら、やっぱり私のこの姿見て、姉さんが家に来ているみたいな気分になってたんでしょ？　カワイイ」

「っ、そ、そんなことあるわけ」

「嘘(うそ)つき」

顔を近づけ、嘲(あざけ)るように囁(ささや)く。

はらりと時雨の髪が肩口からこぼれ、俺の頰(ほお)を撫(な)でた。

その羽根で擽(くすぐ)られるような刺激に全身が戦慄(わなな)く。

そんな俺の戦慄きを感じ取った時雨はますます笑みを濃くした。

「そんなわけないなら、こんなにドキドキしなーい。違いますか？」

「うう、」

カリカリと時雨の綺麗に手入れされた爪が俺の胸板を掻く。

「悪い人。私は姉さんじゃないのに、DNAが同じだけの別人なのに、こんなにドキドキしちゃって。顔も真っ赤にして。私のことを受け止めて見せると言ったカッコイイおにーさんはどこに行ってしまったんでしょう。……本当に情けない。こんな姿、姉さんには見せられませんね？」

「いきなりだからビックリしただけだ。いい加減に離れろ……っ。怒るぞっ」

精一杯の虚勢で睨み返すと、時雨は赤い舌をちろりと出して顔を離す。

「ごめんなさい。わかってますよ。私達は双子なんですもん。顔も体も彼女と同じ妹にドキドキしちゃうのは仕方ない。おにーさんは悪くない。悪くないんです。だっておにーさんは私を通して姉さんを見ているだけ。つまりおにーさんは姉さんにドキドキしてるだけで、私なんて視界には入っていない。眼中にないんですから。そうですよね」

「あ、当たり前だ。俺は晴香一筋なんだからな！」

「でも別の人間だからこそ、双子の妹だからこそ、奥手で恥ずかしがり屋な姉さんなら絶対にしてくれないようなことだって、してあげられるんですよ?」

「何を言って――」

問いかけた時だ。
時雨は馬乗りから膝立ちになり、晴香のスカートの裾をちょんとつまむ。
そして――つまんだ裾を持ち上げ始めた。
そう、俺の目の前で、晴香の格好をしたまま。

「今日のお礼に見せてあげます。――大好きな姉さんの下着姿」
「ちょ、いやいやいやいやまて!　まてまてまてまてえええ!」

ななな、なんてこと考えやがるんだこの女!
俺はもうほとんど悲鳴に近い声を上げて、泡を食って逃げ出そうとする。
だが後ろに下がろうとした体はすぐに壁にぶつかって逃げ場を失った。
くそ、俺の家狭い!　全然逃げられねえ!
そうこうしてるうちに時雨の指はどんどん持ち上がって、

「バカ！　正気かオマエ!?　恥ずかしくないのかよ!?」

「もちろん恥ずかしいですよぉ。でもおにーさんにお礼したいから」

「お、女の子がそういうことしちゃダメなんだぞ！　もっと自分を大事にしないと！」

「大事にしてますよ。おにーさんだからイイんです」

「いやいや俺は良くない！　ていうか晴香の姿でそんな真似をしやがったら許さ――」

「えいっ」

「ぴゃあああぁーーーーっ!!」


ばさりと持ち上げられるスカート。

俺は嚙みしめるように目を瞑って首ごと視線をそらした。

こ、この女、信じられねえ。マジでなんの躊躇いもなく捲り上げやがった！

いくら俺をからかうのが楽しいからって、ここまでするか普通!?

とにかく目は瞑ったまま強引に押し飛ばして脱出しないと――

「なーんちゃって、下はスパッツでしたー♡」

……あ？

「あははっ。ぴゃあー、だって！　なんて声出してるんですかおにーさん。しかも首がグリュンってフクロウみたいに回って！　アハ、そんな必死に目を背けなくてもいいじゃないですか。女の子自身が見せてあげるっていってるんだから。なのにそんな意識しちゃって。ホント、可愛すぎますよぉ、おにーさんは」

「〜〜〜〜ッ！」

な、なんて性質の悪い真似をするんだ。
しかもよりもよって晴香の姿で！
これは、流石に許せん。
今回ばかりは堪忍袋の緒が切れた。
晴香の恋人として、そして兄として、この女に文句を言ってやらないと気が済まない。
俺は逸らしていた目で時雨を睨みつけながら声を大に抗議して、

「いい加減にしろ時雨！　妹だからってやっていいことが――」

おいスパッツどこいった。

「！？！？！？！？？」


え、待って待って。

これどういうこと⁉

これ、こういうスパッツもあるの⁉

めっちゃパンツみたいだけど、ってかパンツだろ絶対コレ！　同級生のパンツとか見たことないけど、だってピンクだもの！　いい布っぽいもん！　漫画だとこんな感じだったもん！

こいつ男の前でパンツ丸出しでなに、うわ、うわあぁあっ！


「姉さん結構スカート詰めてるでしょ？　だから見えちゃわないようにちゃんと短いスパッツを中に穿いてるんですよ。彼氏のくせに知らなかったんですか？　それとも、覗く度胸もなかったとかぁ？」

「いや、おま！　すぱ、スパッツ！　うわぁぁあっ！」

「ん？　あれあれおにーさん、何ですかその大げさな反応。あ、もしかしておにーさんにはスパッツでも刺激が強すぎたんですか？　アハ、見境がないおサルさんですねー。この程度で良

ければいくらでも見せてあげますよ。ほらほらぁ」

違うそうじゃない！
ていうか時雨、もしかして自分がスパッツはいてないことに気付いてないのか⁉
うわっ、見せつけるように腰をくねくねするなっ！
皺が、股間のところの皺が寄れて形が、ひぃぃ！
アカン！　これアカンやつ！
早く気付かせないと――！

「ひ、ひが――ひがぅ」

やっべえ動揺しすぎて呂律が回んねえっ！
クソ、このアホに現状をどうやって知らせたら、――ってそうだ！
天啓が来た。
俺は自分のポケットから自分のスマホを取り出して、時雨を撮影する。
それをそのままひっくり返して時雨に突き付けてやった。

「もー。おにーさん写真まで撮っちゃって。そんなに私のスパッツ気に入ったんですか？　仕方ないですね。まあおにーさんの妹は寛大ですからいくらでも保存して……ん？」


ふと、俺の反応を見て絶好調になっていた時雨の饒舌が止まる。

彼女は俺のスマホに顔を近づけ「ん～？」と唸りながら写真をマジマジと見つめる。

そして何かを考え込んだあと、ゴシゴシと目を擦ってもう一度画像に目を向けて、

「ジンジンンジジン～～～ッッッ!?!?!?」


言葉にならない悲鳴を上げ、火を吹かんばかりに顔を真っ赤にした。

時雨は大慌てで俺からスマホをひったくると、部屋の端にネズミのような素早さで逃走。

スマホをガチャガチャ操作して、たぶん画像を消した後、恐る恐る俺に尋ねてくる。


「あの、…………見ましたか？」

「ここで見てないって言ったらそれ信じられるの。お前」

「あああぁぁ～～～～!!!!」

そして芋虫の様な動きで襖一枚向こうの自分の部屋に戻っていく。

彼女は頭を抱えたままその場に蹲る。

時雨轟沈。

「え、え、なんで？　どうして私スパッツはいてないの？　いやおかしいでしょ。だってちゃんと姉さんから借りたのに、こんなの絶対おかしい。……あ、でもそういえば帰ってきたとき家の中が蒸し暑くて……それにおにーさんより先に帰ろうって急いでたから汗もすごくて気持ち悪かったから脱いだまま、あ、あ、あ、あ〜〜〜っ」

薄い襖一枚向こうから、何やらぶつぶつ言う声と、もんどりを打つ物音が聞こえる。

どうやら俺の目の前でパンツを見せびらかしたことが相当堪えたようだ。

結局時雨はその日、自室から出てこなかった。

天網恢恢疎にして漏らさず。

俺の恋人を冒瀆した罰だ。

……しかし、あれだな。お前にも恥という概念があったんだな。

お兄ちゃんにとっては、それが一番の驚きだったよ。

カノジョの妹とキスをした

I kissed My Girlfriend's Little Sister

第九話　ラブラブ×シグナル

心臓の音が鼓膜にぶつかって頭の中で反響する。

血がぐつぐつと煮えたぎって、ペンを持つ手に汗が滲んでくる。

俺は手つかずの問題集から視線を逸らして、窺うように周囲を見渡す。

目に映るのは、俺の家の年季の入った小汚い壁とは違う白い壁面だ。

光沢のあるフローリングの床に布かれた滑らかな手触りのカーペット。

木製のシングルベッドと、その上に堂々と鎮座するクマなのかウサギなのかよくわからない生き物のぬいぐるみ。

白や薄桃色で整えられた机や本棚、クローゼット。

その調和を崩さない洒落たガラス製の丸テーブル。

そして、そのテーブルの対面に座り教科書と格闘する――――晴香の姿。

もうお分かりだろう。

俺は今日、晴香の、すなわちカノジョの部屋におじゃましているのだ！

どうしてそんな素敵すぎるイベントが発生したのか。

理由は学生にとっての悩みの種、中間考査だ。

暦(こよみ)は六月。

中間考査を目の前に控え、全(すべ)ての部活動が休みになったこの日、晴香が俺に勉強を見て欲しいと言ってきたのだ。

一応これでも俺は名門私立である星雲(せいうん)の特進に通っている。

普通科の生徒である晴香の勉強を見るくらいは出来る。

それに彼女が自分を頼ってくれたのだ。引き受けない理由なんてないじゃないか。

もちろん俺は快諾した。

そして放課後、一緒にテスト勉強をするべく図書室に集まったのだ。

が――、

『うわー。テーブル全部埋まっちゃってるね』

『しくじったな。テスト前だとこんなに人が多くなるのか』

迂闊(うかつ)だった。

晴香と付き合い始めたのは今年の春。それまでは彼女の部活が終わるのを待つ必要もなかったので授業が終われば即帰宅。図書室なんて利用したことなかったから、考査前の図書室が座る場所もないほどに混むとは知らなかったんだ。

さてどうしたものか。

俺は考え、代替案として特進の教室でやらないかと誘った。

それに晴香はこう返してきたのだ。

『ねえ博道(ひろみち)くん。……勉強、あたしの家でやらない？』

そして今に至る、というわけだ。

初めて入る女子の部屋。それも、恋人の部屋。

正直……ヤバいくらいドキドキしてる。

ていうか、女子の部屋って本当に甘い匂(にお)いがするんだな……。

花のような、お菓子のような、甘い空気。

噂(うわさ)には聞いていたが、嘘(うそ)じゃなかった。

本当に同じ人類なのだろうか。

いやまあ、たぶんこれは晴香が使っているシャンプーとかの匂いなんだろうけど。

同じものを使っているのか、時雨とすれ違った時にも似たような香りがする気がするし。

でも、そういう現実的な話はどうでもいいのだ。

重要なのは、俺にとってこの甘い香りが、晴香と居るときほんの一瞬香り、俺を幸せにしてくれる恋人の匂いだということ。

そして今、俺がその香りに身体ごと包まれているということだ。


正直ヤバイ。

幸せ過ぎて脳が蕩けそうだ。

今ここで深く息を吸い込んだら、一体どれだけの幸せで満たされることだろう。

え？　変態かって？　いやいや待って欲しい。

これは仕方のないことなんだ。

例えば自然が大好きな人間は、瑞々しい芝が広がる草原に来たら深呼吸をするだろう？

俺は晴香が好き。つまり俺が晴香の匂いを嗅ぎたいのは至極当然のこと。ほらね仕方のない。

では失敬して――


「ねえ博道くん」

「げふっ！　ごほっ！」

「ど、どうしたの？　風邪？」

「いや、ちょっと気管に唾（つば）が入っただけだから。大丈夫。うん。……で、な、何？」

「この英訳なんだけど、どうして『take』じゃダメなの？」

「あ、ああこれは動きの方向が違うんだよ。この場合は『bring』で――」


あ、あっぶねぇぇー！

背中に冷たい汗が湧く。

いま鼻の穴とかでっかくなってなかっただろうな。

自分の部屋の匂いを鼻の穴全開にして嗅ぐ彼氏は、なんというかダメだ。

とてもお見せできる姿じゃない。


……どうも恋人のお招きにハイになりすぎてたな。

俺は馬鹿（ばか）な事はやめて自分の勉強に集中しようとする。

でも、まあ、やはりこれっぽっちも集中できない。

当然だ。

だって俺は今、生まれて初めて異性の、それもカノジョの部屋にいるんだから。

ここは晴香がいつも生活をしている、晴香の最もプライベートな空間。

そんな場所に、他ならぬ晴香本人に招き入れられたのだ。

そこで考えることがボブやナンシーやタローが何喋(しゃべ)ってるかを翻訳することか？

そうじゃないだろう。

だから逆に考えた。

集中できなくてもいいさと。

俺が今すべきことは勉強なんかじゃない。俺がすべきことは一つ。

今日のこの招待が……晴香からのシグナルかどうかを見極(みきわ)めることだと！

――ネットの先達たち曰(いわ)く、女の子は関係進展を望むとき、普段より体の距離を近づけてきたり、甘えて来たり、思わせぶりな女心シグナルを発するという。

俺達の関係はこの間、手を繋(つな)いで下校するという非常に大きな進展を遂げた。

このタイミングでの自宅へのお誘い。

これはもしかすると、俺とさらに近づきたいという晴香からのシグナルかもしれない。

もちろん、ただ単に特進の俺を頼っているだけで、部屋に誘われたのも晴香の中で親しい人間を部屋に呼ぶこと自体がそこまで大したイベントではない可能性もある。

晴香にその気がないのに、俺だけがその気になって強く踏み込んだら……。


「～～～～っ、」


お、恐ろしい。

それだけは絶対にダメだ。心が死ぬ。

故に、この見極めは慎重を要する。

シグナルは出ているのか、出ていないのか。

晴香の一挙手一投足を注意深く観察して、見極めなくては！

×　×　×

「ありがと博道くん！　こんなにスラスラと宿題が片付いたの、初めてかも！」

「そ、そうか。役に立てたならよかったよ」

「フフ。頼りなる特進の彼氏がいてあたしは幸せ者だ。あ、ジュースなくなってるね。おかわり注いでくるから」

「お、おう。サンキュー」

空になったコップを持って立ち上がり、部屋を出ていく晴香。

俺はそれを見送って、一人になった瞬間頭を抱えた。

「さっぱりわかんねぇ」

あれからずっと俺は勉強そっちのけで晴香を注意深く観察していたが、シグナルの有無を確認することは出来なかった。

わかったことといえば、

晴香のまつげがとても長くて綺麗なこと、

難問にぶつかったときぷっくりした唇から零れる悩ましげな吐息がちょっとエロイこと、

ふと時折目が合うたびに照れ臭そうにはにかむ笑顔がヤバいくらい可愛いこと、

ようするに俺のカノジョはめっちゃカワイイってことくらいだ。知ってる。

……というか、そもそものシグナルとやらは俺に感知できるものなのか。

それがわかんないから俺は17年童貞やってるんじゃないのか。

こういうAというモンスターを倒すにはBというアイテムが必要です。そのアイテムはAがドロップしますみたいなのやめて欲しい。

正直……これ以上は不毛な気がしてきた。


「もう大人しく勉強するか」

「マ～」

「うん？」


……なんだ今の変な声。

俺は変な声のした方、晴香が開けっ放しにしていったドアに目を向ける。

そこには、ドアから身体半分だけ出してこっちを窺う白と黒のブチ猫が居た。

そういえば前、何気ない会話の中で猫飼ってるって言ってたっけ。


「なあ晴香。晴香ん家の猫ってなんて名前なんだ？」

「うん？　もしかしてマロそっち行った？」

「ドアのところからこっちガン見してる。そうか。マロっていうのかお前」

「ブチが麻呂っぽいでしょ」
「マロってその麻呂なのか……」

凄い名前だ。
でも言われてみれば確かに、細い目の上の狭い額に実に麻呂いブチが二つある。
俺は猫が好きだ。
犬も好きだが、どっちかと言うと猫派だ。
犬はあまりにも忠実過ぎて、いい加減な自分が申し訳なくなってしまうところがある。
その点、猫は向こうもいい加減なので気が楽なんだ。

「チッチッチッチ……」
「マ〜〜〜〜」

俺が舌を鳴らして手招きすると、マロはのそりと扉から部屋に入ってきた。
でっぷりとした、かなり体格のいい猫だ。
その辺にいる野良猫の二倍くらいあるんじゃないか。
マロはそのまま真っすぐ俺の下へやってくると、膝の上に乗ってきた。

おお、重い……！

「でっかいなぁお前」

狭い額を撫でてやるとゴロゴロ喉を鳴らす。

この家でたくさん可愛がられているんだろう。

とても人懐っこい。

「うん？」

ふとマロを撫でていると、後ろ脚に何かが引っかかってるのに気付いた。

近づいてくるときはデカい体の陰になって見えなかったが、なんだこれ？　ティッシュ？

可哀そうなので外してやるか。

引っかかっていたのは布だった。ずいぶんと手触りがいい。さらさらしている。触ったことがないタイプだ。白い表面には光沢があって、ちょこんとリボンがあしらってあって三角形でってこれ女のパンツじゃねか!!!!

「ッッッ～～～～～～～!!」

思わず漏れそうになる悲鳴を押し殺す。

内圧で耳がめっちゃキーンってなった。

てか、これ絶対パンツだ。わかる。ついこのまえ時雨の実物を見た俺にはわかる！

しかも晴香の家は父子家庭。

つまりこの家に存在する女物のパンツは１００％晴香のモノ……！

な、なんつーもん持ってきてんだマロ！

「マロおっきいでしょ。拾ったばかりの頃はガリガリだったんだけど、パパが猫かわいがりするもんだからブクブク太っちゃって。でも太ってる猫って可愛いよね」

「あ、ああ、そうだな。俺も猫はデブい方が好き、だな」

丸くてカワイイ。可愛いけどこのヤロウ。

くそ、マズイ。晴香の声が少しずつ近くなってくる。

全身から冷たい汗が噴き出す。

どうしよう。

こんなもん握りしめてるところ見られたらあらぬ誤解を生みかねない。

でもだからって床に捨てたとして、その状況を俺はどう晴香に説明する？

猫が持ってきたって？

苦しい！　本当のことだけど、たぶんその説明は苦しいぞ博道！


俺はひどく混乱する。

だが状況は俺の混乱が落ち着くのを待ちはしない。

俺が泡を喰っているうちに、晴香が部屋に戻ってきた。


「おまたせー。あはは。マロってばそんなところに座って。ほら。博道くんの邪魔になるからこっちおいで」

「まーぅ……」

「あ。コイツったら今あくびで返事したな。博道くんのことが気に入ったみたい。邪魔だったら無理矢理どかしていいからね」

「い、いや、俺猫好きだから大丈夫」

「そう？　よかったねマロ」

晴香は嬉しそうに微笑み、俺の膝の上にいるマロの頭を撫でる。

……例のブツの存在には気付いていない。

なぜなら、俺がとっさに自分のズボンのポケットに隠したからだ。

しかしその行動を俺はさっそく後悔していた。


だって、これ状況的には完全に下着泥棒じゃん……！


むしろ一層ドツボにはまったのではあるまいか。

とにかくこの危険物は俺と晴香の関係を壊しかねない爆弾だ。

早急に、晴香に見つからないように処理しなくては。

だけどどうする。

この部屋に隠すか？　ありといえばありだ。

でもこのパンツは外から持ち込まれたもの。例えば昨日穿いて洗濯したばかりで、晴香がそのことを覚えていた場合、自分の部屋からこれが発見される異常に俺という客人を結び付けてしまうかも。

かといって絶対見つからない場所……タンスの裏とかに隠すのは可哀そうだし、持って帰るのは論外だ。

俺は必死に考える。

自分と晴香にとって何が最善かを。

だが、俺がそれを模索していると、

「博道くん？　もしかして、部屋暑い？」

「え⁉　なんで？」

「だって汗、すごいよ？」

「いや、こ、これは別に暑いわけじゃなくって……」

「じゃあやっぱり体調が悪いの？　さっきもせき込んでたし……」


気遣わしげな瞳（ひとみ）で俺を見つめてくる晴香。

難しい顔をしている俺を心配してくれているのだ。

優しい。好き。でも君のパンツをポケットに隠しているのがバレないかヒヤヒヤして汗が止まらないだけなんですとは言えない。言えるわけがない。俺は申し訳ない気持ちでいっぱいになった。

が、一方でその表情は俺に天啓をもたらしてくれた。

体調が悪い――そうだその手があったか！

「別に体調が悪いわけじゃないんだけど、実はさっきからトイレ我慢してたさ」

「え、どうして？」

「ほら、彼女の家でトイレ借りるの、なんか行儀悪いかなって思って……」

「なーんだ。そんなことだったんだ。そんな遠慮しなくていいのに～。じゃあすぐに案内した方がいいね。ついてきて」

「ありがとう。マジ助かる」

そう。トイレに行った帰りに部屋の外に置いてくれればいいんだ。

元々部屋の外からマロが持ってきたものなのだから、部屋の中に隠すよりは見つけたときの違和感は少ないはず。

しかも家というのは往々にして水場は近くに固めて設計されている。トイレと風呂場（ふろ）はすぐ傍（そば）にあるのが普通だ。

風呂場の洗濯機の陰にでもさりげなく落としておけば、不自然はないだろう。

……まったく、お前のおかげでいらん汗をかいたぞ。

俺は内心文句をいいながら、立ち上がるために膝の上で丸まっているマロを追い払おうとする。

でも揺すってもマロは頑(かたく)なに動こうとしない。

仕方ないので腹の下に手を差し入れて持ち上げる。

するとマロは俺のズボンに爪(つめ)をひっかけて抵抗。

な、なんて頑固な奴(やつ)なんだ。

仕方ないので持ち上げる力を強め無理矢理引きはがす。


その瞬間だった。

すぽんっ、——とマロの身体がズボンからはがれたと同時に、抵抗したときに爪に引っかかったのであろう件(くだん)のパンツがずるりとポケットから引き摺りだされてしまったのは。


「ぎゃあぁああああああーーーーッッ⁉⁉」

「え…………、」


絶叫する俺。

晴香も俺のポケットから半分ほどはみ出たパンツを見て、驚愕(きょうがく)に目を見開く。

「博道くん、それ……あたしの……、ええッッ⁉」

さ、最悪だ！　最悪の事態が起きてしまった！

とにかく説明しないと……！

「違う誤解だ！　これは俺じゃなくて、マロが！　コイツがこの部屋に来た時に脚にくっつけてきたんだ！　でもそのまま置いといたら変な誤解されるかもって思って咄嗟に！　盗もうとしたわけじゃないんだ！　今トイレに行こうとしたのも、これをこっそり風呂場においてこようとしただけで、し、信じてくれぇ！」

慌てて経緯をまくし立てながら、俺はふと頭の隅で思い出す。

ずいぶん前ニュースサイトで見た、児童ポルノ所持の容疑で起訴された海外の男性の話を。彼は猫が勝手に保存したと言い訳していたが、あれは結局信じてもらえたのだろうか。少なくとも俺は信じなかった。

そうだ、こんな話、普通は信じられない。

信じてもらえるわけが……、ない。

ああ、終わった……。俺の初恋が……今……

「な、なーんだそういうことだったんだ」

……え？


「もー博道くん、あんまりびっくりさせないでよぉ」

「晴香、俺の話を信じてくれるのか？」

「もちろん信じるよ。だって博道くんがそういうことする人じゃないってわかってるもん。あたしは博道くんのカノジョなんだから。あ、でも誤解されるかもって思ったってことは、博道くんはあたしを信じてくれなかったんだよね。それはちょっと心外かな」


そう言うと晴香はぷくっと頬を膨らませる。

本気で怒っている顔じゃない。

おどけてむくれているだけだ。

つまり晴香は……本当に俺の言ったことを信じてくれているのだ。

俺という人間のことを心から信じてくれているのだ。

この広い世界に、自分のことをこれほど肯定的に見てくれる人がいる。
こんなにも嬉しいことがあるだろうか。
胸の奥から目の前の少女に対する愛おしさが溢れ出す。
息もできないほど溢れ出した想いに駆られて、俺は殆ど無意識に晴香に手を伸ばした。

「あ…………」

俺の指先が晴香の髪に触れる。
晴香はこれに一瞬驚くも、

「――――――」

すっと目を閉じ、俺が伸ばした手のひらに自分の頬を擦りつけた。
……わかる。
今、シグナルが出てる。
晴香から、そして、俺からも。
互いが互いのシグナルを感じている。

今ならこの手をそっとうなじにズラし、抱きよせることも出来るだろう。

そんな確信に俺は従おうとして——


『ピンポーーーーーーン！』

「「ッッッ〜〜〜〜!!!!」」


来客を告げる甲高いチャイムに、俺達は揃って飛び上がった。

……冷や水をぶっかけられたみたいに、場の熱が引いていく。

そうなると途端に今の距離が恥ずかしくなってしまって、俺達は互いに顔を逸らした。

「あ、あはは、なんだか、この間貸してもらったマンガみたいなすごいタイミングだったね」

「お、おう。あるんだな、こういうこと……現実でも……」

「あたし、ちょっと出てくる、ね？」

「い、いってらっしゃい」

耳まで真っ赤にした晴香は、パタパタ逃げるように部屋を出ていく。

なんだか、俺は今決定的な瞬間を逃してしまった気がする……。

あのまま行けば、俺は晴香をこの手で抱きしめられたんじゃないのか。

いやもしかすると、雰囲気のまま、き、キスだって……っ。

……そう考えたら無性に腹が立ってきた。

いったいどこのどいつだ。

NHKの集金とかだったらマジ許せねえ。

馬に蹴られて死んでしまえばいいのに。


「あ、パパじゃない。おかえりなさい」

お父様ッッ⁉⁉


「ただいま。晴香」

「どうしたの？　チャイムなんて鳴らして」

「久しぶりに早く上がれたのはよかったんだけどね、家の鍵をデスクに忘れてしまって。晴香が家にいてくれて助かったよ」

漏れ聞こえてくる男の声。

聞き間違いじゃない。

晴香の父親が帰ってきたんだ……！


「……うん？　見慣れない靴だけど、友達が来ているのかい？」

「友達というか、ほら、いつも話してる……」

「ああ。ボーイフレンドか。たしか博道君だったね」

「そうそう。テスト期間だから、博道くんに勉強を教えてもらってたの」

「そうだったのか。これはお邪魔しちゃったかな」

「うん」

「……ハッキリ言われるとお父さんすこし悲しいなぁ。でもそうか。いつも娘がお世話になってる子が来てるなら、お父さんも挨拶（あいさつ）しなきゃな」


ひ、ひぃぃいいぃ〜〜ッッ⁉⁉

近づいてくる声と足音に、俺は内心で絶叫した。

だって、突然すぎる！　心の準備が全く出来ていない！

カノジョの父親に会うときって何を言えばいいんだ⁉

こういうとき、いつもならググール先生に聞くのだが、今回はその時間もなかった。すぐに開けっ放しになっていた扉から、大柄な初老の男性が姿を見せて、黒ぶちメガネの奥から俺を見つめてきた。

「こんばんわ。君が娘の彼氏の博道君だね。晴香の父です。はじめまして」
「は、はい！　こんばんわ！　佐藤博道、です！」

俺は慌てて立ち上がって会釈を返す。
カノジョの父親に座ったまま返事をするのはダメだ。
でも頭の中は真っ白だった。
すっからかんの頭の中を心臓の音だけがバクバク反響している。
く、な、なにかないか。こういうシーンでカノジョの親に言う言葉。
定番、定番、定番のああ、あ、あああいあいあいさつは——

「娘さんは僕が幸せにしますッ!!」

……いやこれは違くない!?

確かに定番だけど！　漫画とかで見るけど！

でも今言うセリフではなくないッ⁉⁉

「ハハハ。ずいぶんと気が早いね。そのセリフは成人してからもう一度聞こうかな」

「っっ～～～～～！」

俺のいろんな過程をすっ飛ばした身の程知らずな挨拶に、晴香の親父さんは小さく肩を揺らして笑う。

だ、ダメだ。絶対変な奴だって思われた……。

「でも責任感を持つのはとてもいいことだ」

「え……？」

「うん。娘に彼氏が出来たと聞いて、やっぱり親としてはどんな相手かと心配だったけど、君なら安心だ。髪も染めてないし、ピアスも空けていない。とても真面目で誠実そうだ」

意外なことに、俺のやらかしは親父さんに好意的に受け取られたようだ。

そういえば晴香も、俺が先走ったこと口にしたとき、喜んでくれたっけ。

二人は親子。感性も似ているのかもしれない。

「いや、よかったよ。もし頭が金色だったり赤色だったりするような男だったらどうしようかと思っていたんだ。その年で髪を染めたりピアスを空けているような男に、ろくな奴はいないからね」

「…………」

「どうだろう博道君。今日は久しぶりに早く帰れたから、娘を連れて外食に行こうと思っていたんだが、一緒に行かないか？　もういい時間だし」

言われて時計を見ると、時刻は午後六時半を回っていた。

いつの間にか結構時間が経っていたようだ。

ただ、

「折角なんですけど、家族が作ってくれているんで……」

俺は断った。

今日夕食が不要とは伝えていない。

もう時雨が夕食の用意を始めてくれている頃だからだ。

分担とはいえ、ただ料理を食べさせてもらうだけの人間が、食事を作らせるだけ作らせてすっぽかすのは最低すぎる。

それに……イイ人そうだけどカノジョの父親と飯なんて味がわからなくなりそうだしな。


「今日はもう帰ります」

「おおそうか。だったら仕方ないね。家族との団欒は大切だ。とてもね。じゃあ食事はまたの機会にということで。晴香。博道君を送ってあげなさい」

「はーい」


そうして俺は晴香に見送られながら家路についた。

手を振ってくれている晴香の視線が切れたところで、どっと肩に疲労が襲ってくる。

……正直、めっちゃ疲れた。

初めてのカノジョの家に、パンツに、親父さんとの対面。

なんだかいろんな事が一遍に起きて大変な一日だった。

でもまあ、親父さんに好感を持ってもらえたのは収穫だろう。

晴香に似て、優しそうな人で良かった。

親父さんはつまり時雨の父親でもあるわけで、時雨に似てるパターンもあったと考えると恐ろしい。ホント、そっちのパターンじゃなくてよかった。

ただ……なんだ、そんな感じのいい人だからこそ……

『その年で髪を染めたりピアスを空けているような男に、ろくな奴はいないからね』

あの刺々しい言葉と、そこに滲(にじ)む嫌悪が、妙に強く俺の印象に残っていた。

カノジョの
妹とキスをした

I kissed My Girlfriend's
Little Sister

第十話　ふいうち×シュガーラブ

「はーい、本日のＪＫ残業はおしまいです」

平日の夜十時ごろ。

宿題を終えた時雨（しぐれ）はそういうとシャーペンをちゃぶ台に投げ捨てた。

「おつかれー。やっぱ早いな学年次席さんは」

「おにーさんもさっさと終わらせてくださいよ。それで一緒にマリカーしましょう、マリカー。なんなら私のを写してもいいですよ」

「いや写す意味がねえし」

「失礼な。私が間違ってるとでも？」

「そうじゃなくて、宿題の意味がないだろってことだよ。宿題は終わらせることが目的じゃないんだから」

「またらしくもなくもっともなことを言いますね。やめてくださいよ。まるで私が頭の悪い女子高生みたいじゃないですか」

「しらんがな」

ちなみに俺の方の進捗はというと、まだまだだ。

今日はとにかくどの教科からも宿題が山ほど出た。

中間テスト明けだからって休ませねえぞという特進の明確な殺意が伝わってくる。

「あと俺の方は宿題が終わったら明日の予習するから、ゲームするなら一人でやってくれ」

「えー。そんなのつまんないですよー。ゲームなんて隣に居る相手とやるから楽しいんじゃないですか」

「だったら時雨も予習したらどうだ」

「予習復習とかする意味あります？　普通一度言われたことは理解できるし、忘れないでしょう」

「受験シーズンにそれ言ったら殺人が起きるぞ」

「私から言わせればそれが出来ない人間は授業中なにやってんのって感じなんですけど」

なるほど、そういう感覚なのか。

まあ集中力というのも個人差があるからな。

世の中にはほんの一瞬見ただけで膨大な量の数字や文字を記憶する人間がいるが、時雨もそういう類なんだろう。


「それに私くらいの美少女ＪＫに学なんて必要ないんですよ。ぶっちゃけ生まれた瞬間勝ち確ですし。あって損しないものは男を意のままにする心理学くらいですよ」

「そういうの得意そうな。時雨は」

「殴り心地のいいサンドバッグのおかげですよ。おにーさん♪」

「そりゃどういたしまして」


兄貴でもうんざりするのに、こいつのダンナとか絶対大変そうだ。

きっと毎日振り回されてボロボロになることだろう。

まあ顔に騙されて本質を見抜けなかった馬鹿の末路だから同情はしないが。


「そんな頭もお顔も素敵な時雨さんと違って、俺は金になる顔でもなければ要領も悪いから予習復習が必要なんすわ。一人でゲームするのが嫌で勉強もイヤっていうならテレビでも見てろ。音量は下げろよ。もういい時間だからな」

「彼女とそっくりの女の子のお誘いなのに、つれないですね」

「そりゃお前は晴香じゃないし」

「私が姉さんだったら、遊んでくれましたか？」

「そのあり得ない仮定の話をする意味あるか？」

「……たしかに。じゃあおにーさんが勉強をしたままできる遊びをやりましょう」


はあ？

なにそれと半目で睨む俺に、時雨はあの意地の悪い笑みを見せる。

「それはにらめっこです。私、おにーさんのことじーっと見とくので、おにーさんが集中を切らして勉強が出来なくなったら負けです」

「いや、やんねえけど」

「おにーさんがやらなくても私はやりますよ。はいスタート」

勝手に始められた。なんて強引な奴だ。

時雨はちゃぶ台の対面で肘をつき、手に顎を乗せた体勢で「じー」とこっちを見てくる。

う……。

こうやってまじまじと見つめられると、照れ臭い。

晴香そっくりの顔ということはつまり、俺の大好きな顔というわけで、その顔でじーっと見つめられるとどうしてもドキドキする。

俺は努めて視線を外し、勉強に集中した。

いや正確には集中しようとした。

でも目線を外しても、視線は感じる。

ちらりと目をやれば、やっぱり時雨はじーっと、飽きもせず俺を見つめている。

こてんと、肘を崩してちゃぶ台に頰を付きながら、上目使いに。

長いまつげの下、くりくりとした大きな瞳いっぱいに俺が映り込む。


……くっそ、やっぱ可愛いな、こいつ。


美少女JKを自称するだけある。

なんというか、自分の魅力の出し方をわかっているんだろう。こういうあざとい真似をやらせると、時雨は晴香より確実に上だ。

俺に晴香という恋人がいなかったら、きっと俺はこいつにおかしくされていたと思う。

でも、俺には晴香がいる。

だからこそこの小悪魔の思い通りに集中を乱されるのは面白くない。

俺はノートに視線を戻し、戻しただけでなく食い入るように目を近づけ、視野を狭める。

これはそれなりに効果があった。

俺は数式を解くのにしばしの間集中する。

だが程なく、視界の上辺からにょきっと白い指が生えてきた。

時雨の指だ。

俺は努めて無視する。

無視していると、白い指は光沢のある爪でカリカリと、俺のノートの端をひっかく。

いや、正確にはひっかく素振りをし始める。

カリカリカリカリ。

このあたりでもう我慢の限界だった。


「ああもうウッゼーな！　何が目的なんだお前は！」

「はい私の勝ちー。なんで負けたかは考えなくていいので、おにーさんは私とゲームしてください」

「そんなルール聞いてねえんだけど！　ていうかなんなんださっきから！」

「そこ頭から数字間違ってますよ。6を9で計算してます」

「それはさっさと教えてくれません⁉」

うわマジじゃん。

時雨の指がひっかいていた先。ノートに書かれた数式の頭から数値を間違えていた。

視野を狭めすぎたのが仇（あだ）になったんだろう。

俺は泣く泣く数式を頭から解きなおす。

そんな俺を見て、時雨は呆（あき）れたように言った。

「おにーさんって割とがり勉ですよね。時間があれば勉強しているし。友達と遊んだりバイトしたりはしないんですか？」

「別に遊ばないわけじゃないけど、……言われてみれば最近あんまり遊んでないな」

普段は割とこの家で友衛（ともえ）達と夜通しゲームやったりするんだが、時雨が住み始めたことと、中間テストが近かったこと、友衛のバイトや剛士（たけし）の部活のスケジュールが噛（か）み合（あ）わなかったことで、最近あまり機会がなかった。

「でもバイトは夏休みに少しやるつもりだぞ。晴香に誕生日プレゼントも買いたいし。ただ夏期講習も出たいから、その辺は兼ね合いだなぁ」

「そんなに勉強してどーするんです？　何か成りたいものでもあるんですか？」

「いや」


俺は首を振る。

成りたいものは、今のところ別にない。

目標としては旧帝大を目指してはいるが、そこで何かをしたいわけでもない。

ただ、

「成りたいものもやりたいことも、なんもないから勉強だけはしてる」

「……？」

「昔オヤジに言われたんだよ。なにか夢が見つかったなら全力でそれを目指せ。場合によっては中退してもいい。でも特に夢が見つからないなら、勉強だけはやっとけって。そうしておけばいつかやりたいことが見つかったとき、学歴が足枷（あしかせ）になることがなくなるからって」

「へえ。失礼を承知で言わせてもらえば、お義父さんにしてはまともなご意見ですね」

「ホントにな。まあオヤジって恐竜学者になりたいって思ったの、高卒で就職した後だったらしいから。そのへんで結構苦労したんだと思う」

確か工業高校から就職した町工場をやめて、四浪した後三十路超えてから東大に入って、そのあとカナダの大学に留学したはずだ。

経歴は正直大したもんだと息子の俺も思う。あんな恐竜ホリックの中年が曲がりなりにも好きなことをして生計をたてられているのは、学歴があるからこそだろう。

「たぶん俺には何の才能も無い。でも才能がなくても学歴はよくできる。なら俺みたいなやつこそ勉強はするべきと思うんだ」

なにしろ学歴——つまり大学受験なんてのは確かな解答のある世界だ。

確かな解があり、それを導き出す道筋も定まっている。

だから努力と根気でどうにでもなる。

スポーツや芸術、学問のような、持ってる人間と持ってない人間で真っ二つにされる世界とは違うんだから。

「それに結局やりたいことが見つからなくても、この国はいい大学さえ出とけば俺みたいな要領の悪い奴(やつ)でも一流企業の正社員や国家公務員になれるわけじゃんか。……晴香に貧乏させるのはイヤだからな」

「え。今からそんな先のことを考えてるんですか。……重ッ」

「う、うっせーな。なんも考えてないよりは良いだろうがっ」


すっと身を引いてみせる時雨に抗議する。

……やっぱり女子から見たらそういうのってキモイんだろうか。

確かに気が早いとは思うんだが、でも将来のこと何にも考えずに恋人との時間を過ごすって正直、俺的には難易度高いんだけど。

そう俺がふてていると、

「仕方ないですね。姉さんの紐になられても困るし、勉強中は噛みつかないであげましょうか」


時雨が立ち上がり、キッチンの方へ歩いていった。

何をするのかと覗けば、彼女はやかんを火にかけはじめる。

コーヒーでも淹れるつもりなんだろう。

どうやら諦めてくれたようだ。

……なーんて、思うほど俺も単純じゃない。
この女の手口はいい加減わかってる。
そもそも俺の言葉に納得して引き下がるほど殊勝な性格はしてない。
引くと見せかけて、より強い一撃を俺に叩き込むために力を溜めてる。
そうに決まってる。
だから俺は油断しない。
すると程なくしてから、時雨が再度俺に接近してきた。
ほらやっぱりな。
だが警戒を緩めていない俺の隙をつくことは出来ない。
俺は何だこのヤロウと、おもっきり睨みつけて視線で威嚇し機先を制する。
「はい。おにーさんのぶん」
「……え？」
そんな俺に、時雨は二つ持ったマグカップの内の一つを差し出してきた。

「勉強するならミルクと砂糖は抜いといたほうがいいと思って、ブラックにしました」

「俺のぶんも淹れてくれたのか」

「ついでですよ。一人分も二人分もお湯を沸かす手間は変わりませんし」


言うと時雨は俺の対面に座り、リモコンでテレビをつける。

そして音量を絞って、自分のマグカップに口をつけつつ眺め始めた。

……もしかして、本当に諦めてくれたのか。

疑心暗鬼に捕らわれる俺に、時雨は目線をテレビに向けたまま、言う。


「さっきの話、重いといえば重いですけど、私は好きですよ。何も考えてない猿より、先のことをちゃんと考えてる男の人の方がずっとステキだと思います」

「……お、おう。サンキュー」


改めてそう言われると、正直ちょっと嬉しかった。

すっかり毒気を抜かれてしまった俺は、照れ隠しに淹れてもらったブラックコーヒーに口をつける。

その瞬間、思わずコップを取りこぼしそうになった。

「っ⁉　あ、あっまッ！　これ甘ッッ‼」

「アハ☆　それはきっと私の愛情の味ですね♪」

「嘘を吐くな！　軽く五本は砂糖ぶち込みやがっただろ！」

「えー、愛ですよぉ、愛。ほんとほんと」


カラカラと満足げに笑う時雨。

……まったくほんの少しでも隙を見せればこのざまだ。

悪意にまみれた愛情もあったもんだ。

俺は呆れながら、まあでも勉強するならカフェインだけでなく糖分も摂取できた方がいいかなんてポジティブに考え、甘ったるいコーヒーをすすりつつ宿題に戻る。

甘いとわかれば、時雨の淹れたコーヒーはなかなか美味しかった。

第十一話　恋する×バイアス

「じゃじゃーん！　みてみて博道くん！」


中間テストの結果が返ってきた六月の頭。

昼休み、俺を学食に呼び出した晴香は、テーブルにつくや俺に自分の答案用紙を自慢気に見せてきた。

点数は大体上が80、下が50台。平均すると70台くらいだろうか。

「今回の中間テスト、過去最高得点だったのっ。これも博道くんが放課後に付きっきりで教えてくれたおかげだよー！」

輝くような満面の笑みで俺にお礼を言う晴香。

俺のあまりよろしくない地頭でも理解出来る勉強法は、晴香にがっちりマッチして彼女は自己ベストを軒並み更新した。

やっぱ時雨と同じ血を引いてるだけあって、俺よりずっと要領がいいんだ。

「俺の地頭の悪さが役に立ったようでなによりだよ」

「だから今日はその祝勝会。今日はあたしが奢るよ。何でも食べたいもの言って。ひとっ走り買ってくるから」

「お礼なんて別にいいって。……晴香と一緒に勉強出来ただけで、すごい楽しかったし」


これは本音だ。

恋人と一緒に勉強って、すげー憧れてたんだよ。

だからもう十分報われてる。

そういったのだが、晴香は了承しなかった。


「楽しかったのはあたしもだよ。でもあたしはそのうえで成績までよくしてもらったんだから。だから学食おごるくらいはさせて？　それに、してもらってばかりじゃ、……次、頼りづらくなっちゃうし」

「え、それは困る」

次の期末もその次の二学期中間も、ずっと頼ってもらいたい。
ていうか一生頼ってもらいたい。
ならばやむなしと、俺は晴香からの謝礼を受け取ることにした。

「じゃあ焼きそばパンとゲンコツメンチ二つ」
「イエッサー！　晴香、任務を果たして参ります！」

晴香は芝居がかった敬礼をして、跳ねるような足取りで学食の購買へ向かう。
かわいい。
弾む後姿を見ているだけで幸せな気分になる。
だって晴香は俺のためにパンを買いに行ってくれてるんだぜ。
あんな可愛い女の子が、俺のために、俺の喜ぶことをしようとしてくれているんだ。
最高かよ。生きててよかったわ。

「なにを締まりのない顔をしているんですか」
「うぇ⁉」

突然晴香と同じ声が後ろから聞こえてきて、俺は驚きのあまり目を剝いて振り向く。

そこには晴香と同じ容姿の、しかし違う制服を着た時雨が、A定食のお盆を両手に持って立っていた。


「……なんだ時雨か」

「なんだとはなんですか。可愛い妹に向かって」


にぎやかな学食だからか、時雨はとくに隠すことなく妹と名乗る。

それから彼女の大きな目が机の上の答案用紙を捉えた。


「あれ？　これ、姉さんの答案用紙ですか？」

「ああ」

「……へえ。姉さん昔から勉強嫌いだったのに、結構高いじゃないですか」

「普段は赤点ギリギリか片足突っ込んでるらしいけど、今回は頑張って勉強してたからな。俺と一緒に」

「そういえばそうでしたね。なるほど。他国の言葉を覚えたければ現地で恋人を作れというやつですか。ちなみにこのテストの持ち主はどちらへ？」

「中間教えたお礼に飯おごってくれるっていうから、買いに行ってもらってる」

言って俺は購買口の人だかりに揉まれる晴香の後姿を指す。

これに時雨は大げさなため息をついた。


「付き合い始めて早々ヒモとはいい御身分ですね」

「失礼な。正当な報酬だ」

「でもそうですか。相席のお相手が姉さんなら、私はとっとと退散したほうがいいですね」

「え？　なんで？」

「私とおにーさんが一緒にいる場面で姉さんに逢うのは百害あって一利なしでしょう。おにーさんがうっかり家での話題なんて振ってきたら致命傷ですよ」

「そこまでマヌケじゃねえし。飯ぐらい一緒に食べていけよ。きっと晴香も喜ぶ」

「あとおにーさんのマヌケな顔を見ていると弄りたい衝動に駆られて抑えるのが大変ですし」

「やっぱ今すぐどっか行って。ハリー」

彼女の前で彼女の妹にいいように弄ばれては彼氏としての沽券に関わる。

だから俺はシッシと時雨を手で追い払う。

が、少し遅かった。

「あ！　時雨だー！　やっほー！」

「……ぬかりましたね」

俺達の予想を大幅に短縮して晴香が昼食を抱えて戻ってきたのだ。

役者の身体能力を甘く見ていた。

流石、吹奏楽部と並び称される実質運動部だ。

晴香はテーブルに戻ると俺の前に注文した品を置いてくれる。

「はいっ、焼きそばパンとゲンコツ二つ、お待たせっ」

「あ、ありがとう」

「時雨もこれからお昼なの？」

「ええまあ。博道さんが一人寂しく四人掛けテーブルを占拠していたので、友達がいないのなら私が一緒に食べてあげようかなと声をかけたところです」

「おるわい」

「みたいですね。恋人二人の邪魔をしても悪いので、私は別の場所を探します」

そう言って俺達から離れようとする時雨。

しかし案の定、晴香がこれを引き留めた。

「えー。時雨も一緒に食べようよ」

「せっかくですけど遠慮しておきます。馬に蹴られたくはないので」

「でも他のテーブルもう一杯だよ？」

「…………」

言われて学食を見渡せば、学食は俺が過去一年間で見たことがないほど込み合い、椅子は俺達のテーブルを除いてすべて埋まってしまっていた。

……ついさっき俺と時雨が話しているときはまだ空きがあった気がするんだが、コイツらこんなピンポイントなタイミングでどっから生えてきたんだ。

こうなると、すでにA定のお盆を持っている時雨を追い出すのは俺としても気が引ける。

「博道くん。時雨と一緒でもいいかな？」

「あ、ああ。俺は構わないぞ。時雨も一緒に食べようぜ」

「ほら博道くんもこう言ってくれてるから、ね？」

「……ではお言葉に甘えて」

押し負けた時雨は晴香の隣、俺の斜め向かいに座り、ジロリと非難の視線を向けてくる。

『なんで断らないんですか』

『だって流石に嫌とは言えねえだろ。ほかに席ないんだし。心の狭い男だと思われて嫌われたくないしさ』

『俺はお前との時間を大切にしたいんだくらい言ってあげればいいじゃないですか。甲斐性のない人ですね』

『少なくとも晴香はそういうので喜ばないぞ』

『……まあ、そうかもしれませんけど』

そこに反論はないのか、時雨もそれ以上俺の判断を非難はしなかった。

血のつながった妹なだけに、姉の気質はよく理解しているんだろう。

『ともかく、こうなった以上協力してこの昼食を乗り切るしかないですね』

『頼むから晴香の前では噛みつかないでくれよ。俺にも彼氏の威厳ってのがあるんだ』

『言われなくてもわかっていますよ。おにーさんの威厳なんて知ったことではないですけど、姉さんを不安にさせるのは私の本意ではありません。そっちこそ、うっかり家のこと口を滑らせないでくださいよホントに』

『あ、ああ、気を付ける』


バチバチとアイコンタクトでミーティング。

一緒に住んでいるだけあって、このあたりの意思疎通はだいぶ慣れてきた気がする。

……にしてもコイツは家の中と外でホント別人だな。

家ではあんなに俺を困らせるくせに、学校だと頼もしさすら感じる。

やっぱり、コイツにとっては晴香が一番大切、ってことなんだろう。


そうして俺達は三人で昼食をとった。

雑談のメインは先日の中間テストについて。

時雨が早々にその話題を振ったのだ。

場をリードして、プライベートな話題に流れないようにしたのだろう。

流石に如才がない。

俺も率先してそれに乗っかり、教師に対する愚痴などを中心に間を繋ぐ。

こうして特に危なげなく昼休みは過ぎていった。

の、だが、
昼休みも終わりに近づいた頃になって、晴香がすこし扱いに困る話題を振ってきた。

「そういえば、博道くんと時雨って席が隣同士なんだよね？　仲は良いの？」

「……！」

ドキリとする。

時雨の話題に調子よく乗っかりすぎて、仲良しだと思われたか？

いやまあ、確かに悪いことはないんだけど。

ただ何しろ時雨は晴香と瓜二つだ。

些細なキッカケで晴香の中に猜疑心を芽生えさせるかもしれない。

それが俺に向けられるなら結構だけど、晴香の性格からして自分を傷つけそうで怖い。

ここははっきりと、

「いやもう全然、時雨とはむしろ犬猿の仲っていう痛でッ⁉」

「というのは冗談で、普通に顔を合わせれば挨拶する程度にはお友達ですよ。中間が終わった後の席替えで、最近はあまり話してませんでしたが」

脛エッ！　こいつ脛をピンポイントで蹴ってきやがった！

何すんだと抗議の視線を向けると、逆に時雨は睨み返してくる。

『おにーさんはアホですか。自分の女友達と険悪な彼氏なんて女からしたら大減点ですよ。ましてや私は姉さんの実の妹ですよ？　姉さんに嫌われたいんですか』

え、そういうもんなの？

男だったら自分の彼女が男友達と険悪だろうがどうでもいいんだけど。ていうか友達の彼女とか興味もない。そういうのって俺だけか？

『過剰に距離をとりすぎる必要はありません。ヨッ友くらいのポジションでいいんですよ』

『す、すまん。助かった』

確かに、現実との差が開きすぎると嘘がバレやすくなる。

俺は時雨のフォローに軽い会釈で感謝する。

だがこの時雨の言葉に、肝心の晴香が納得出来ない様子で首を傾げた。

「そうなの？　てっきり二人はもっと仲良しかと思ってたよ」

「え、ななな、なんでそう思ったわけ？」

「だって博道くん、時雨のこと『時雨』って呼び捨てにしてるじゃない？　私のことを『晴香』って下の名前で呼んでくれるまで結構かかったのに。だからそのくらい気が合っているのかなって」


瞬間、先ほどと同じところに脛蹴りが飛んできた。


『……ホンットト使えない人ですね。だから一緒に食事をするのは嫌だったんです』

『面目次第もございません』


弁解の余地もない。これは完全に俺の手落ちだ。

家で『時雨』と呼び捨てにするよう強く意識していたもんだから、それを引き摺ってしまったんだ。

やばいぞ。晴香を呼び捨てにするのに二週間もかかった手前、これはやばい。

いったいどう言い訳すれば……


「姉さん。それは私の今の名字が佐藤だからですよ。博道さんも名字は佐藤でしょう。自分で自分の名前を呼ぶのって、結構変な気持ちになるんで、お互い名前で呼ぶことにしてるんです。だから別に特別仲がいいとかではないんですよ」

「あ、そっか。私は時雨のこと時雨としか呼ばないから忘れてたけど、時雨も今は佐藤さんなんだもんね」


時雨さん……！

よくもまあそうポンポンと口から場を切り抜ける都合のいい言葉が出てくるもんですね！

でも正直めっちゃ頼もしい。

思わず敬称をつけるくらいに。

時雨さんがこれだけ本気でフォローに回ってくれるなら、この場面も乗り切れる気がする。

この時はそう、思ったのだが、

「でも私は時雨と博道くんにはもっと仲良くしてほしいなぁ」

ここで晴香は俺達の薄い関係に不満を示してきた。

予想外の反応だ。

自分と瓜二つの人間が、彼氏と仲良くすることを望んでくるのは。

時雨もすこし驚いた様子で、その理由を問い返す。


「それは、どうしてですか？」

「だって時雨って昔、結構人見知りだったでしょ」

「え？　私がですか？」

「あんま人見知り、って感じしないけどなぁ」

「そんなことないよ。一見誰に対しても社交的だけど、深いところには立ち入らせないし、自分からも輪の中には入っていかない。これって人見知りでしょ」


ああ、言われてみれば確かに。

最低限の付き合いはこなすが、それ以上能動的に関わろうとはしていない。

それは人見知りと言えるかもしれない。

「だから二年生からの編入で孤立しないか心配なんだけど、博道くんが時雨と仲良くしてくれるなら安心できるじゃない？　だって博道くん、とっても頼りがいがあるから！」

「「ぶっ、」」

瞬間、俺と時雨はそろって噴き出す。

……いやだって、自分で言うけど、頼りがいとか俺と全く無縁な言葉じゃん。

一体俺のどこを見て晴香はそう思ってくれていたんだ？

『ぷ、くく。ずいぶんと姉さんを上手にだまくらかしたようですね。おにーさん』

『笑えてくる気持ちはわかるけど、頼むから絡んでくるなよ。晴香に邪推されたくないってお前も言ってただろっ』

『え、ええわかってます。ちょっと不意打ちだったもので。ちゃんと合わせますよ』

時雨はA定の味噌汁を飲み干して、一息つく。

そうして家で見せるあの意地の悪い笑顔になりかけた表情を、学校での標準的な笑顔に戻して、晴香に言葉を返した。

「……ふぅ。そうですね。転校してきたばかりの頃は、まあ姉さんの妹だからというのもあるんでしょうけど、確かに隣の席になった私のことを色々気にかけてくれて……たの、たのっ、たのモシカッタデスヨ？」

おべっか下手糞かコイツ。


「そうなんだ。だったらこれからも時雨と仲良くしてくれると嬉しいな」

「もちろんだ。それは晴香に言われるまでもなく、な」


だって俺はもう時雨の兄なんだから。

この即答に晴香は嬉しそうに微笑んで、だがすぐに不安げな顔を見せた。


「あっ、でも……そうなるとちょっと不安かも」

「不安って、なんで？」

「だって、博道くんの優しくてカッコイイところ、時雨に知られちゃったら、時雨も博道くんのこと好きになっちゃうかもしれないじゃない」

「ゲホッ!?　ゴホッ!!」

気管に！　気管にゲンコツメンチの衣が！　ギザギザした衣が！

ど、どどうしよう俺の彼女、想像以上に恥ずかしい奴だぞ!?

いや、嬉しいんだけど！　彼女にそんな風に言われるの、彼氏冥利に尽きるんだけど！

でも第三者の前ではやめてほしい！

こんな面白い話を聞かされたら、イジリ魔の時雨が黙っていられるわけがない。

今あいつはどんな顔をして――


「っ～～～、っ、……な、なる、ほど。それは確かに、大変な事態です、ねぇ～」


めっちゃプルプルしてる！

ぴくぴくとホホの筋肉が引き攣っているのがハッキリと見える。

こいつが爆発する前になんとか晴香の口を閉じさせないと……！

「い、いやあ。俺はそんな大した男じゃないからそんなことはないと思うけどなぁ!?　晴香もちょっとバイアスかかりすぎだと思うぞ。うん！」

「そんなことないよ。博道くんは男らしくてカッコイイよ？　だから好きになったんだもん」

「いやいや、俺なんて晴香に告白されるまで女子に見向きもされなかったわけだし」

「それはみんなの見る目がないだけだよ。学童保育の頃は昔過ぎるから置いとくけど、例えばほら、去年の文化祭の後片付けのとき博道くん違うクラスだったのに、あたしが運んでるゴミ袋の大きい方、持ってくれたじゃない？

『こういうのは男の仕事だから』って。それであたしがお礼言ったら背中を向けたまま軽く手を振ってくれて……。あれすっごくカッコよかった！」


ヒィィィーーーーッ！

カッコイイって言ってくれて嬉しい！　嬉しいけどヒィィィーーーーッ！

ていうか改めて他人の口から聞かされると、俺、イタい！

なんでそう無駄にカッコつけようとすんの⁉　超滑ってんだけど！

ていうかあの時の女の子晴香だったんだな！　今知ったわ！

気恥ずかしくて背中向けっぱなしだったから顔なんて全然覚えてなかったわ！

「それに初めてのデートでのことだけど」

「まだあんの⁉　ちょ！　晴香、この話もうやめない⁉　やめて⁉」

思わず懇願。だが晴香は「だーめ」と可愛らしく無慈悲。

「だって博道くん、自分が大したことないなんて言うんだもん。そういう間違った認識は彼女として見過ごせないよ。

だから思い出して欲しいんだけど、初デートの日だけど、あの日博道くん、ずっと道路側を歩いてくれてたよね。ベンチに座るときはハンカチを敷いてくれたり、お茶をしたときはあたしがお手洗いに行ってる間にお会計まで済ませてくれたりして。なんだか自分がお姫様になったみたいで、楽しかった。

あたし、このとき思ったんだ。『紳士』っていうのは、博道くんみたいな人のことを言うんだなーって」

ア゛ア゛アア゛アア゛〜〜〜〜〜〜ッ!!

やめてー！　初めてのデートで舞い上がって何するかわかんなくって『失敗しない　初デート　マナー』でググった俺のデートプランを赤裸々に語るのやめてー！

仕方ないじゃん！　童貞には信じられるものがネットしかないんだよ！

晴香はなかなか天然なとこある子だから好意的に受け止めてくれてるけど、性格の悪い時雨からしたら噴飯モノだろう。

俺は恐る恐る時雨の様子をうかがう。

そして、俺は驚いた。

あの意地の悪い時雨が、今の俺本人ですら笑えてくるような話を聞いたにもかかわらず、いつもは締まりのない口元に僅かな笑みも浮かべていなかったからだ。

「……姉さんは博道さんのことが本当に好きなんですね」

「もちろんだよ。じゃないと告白なんてしないよ。だから博道くんと仲良くはしてほしいけど、好きになっちゃ嫌だからね？」

「……もしそうなったら、姉さんはどうしますか？」

「え？」

「私が博道さんのことを好きになったら、姉さんは可愛い妹のために身を引いてくれますか？」

お、おいおい。何言い出すんだコイツ。

いやだって、そんなあり得もしないことを晴香に聞くことの意味がない。

俺は時雨の意図が読めずに困惑。

なんのつもりかと口を開こうとする。——が、

「ヤダ。ゼッタイ嫌。許さないよ、そんなの」

晴香の斬(き)るような口調に機先を制され、俺の言葉は喉(のど)から出てこなかった。

見れば晴香は時雨に対し敵意すら込めた視線を向けている。

……な、なんだこのひりついた空気は。

俺の面白失敗談から何故こんな空気に⁉

だがその痛いような沈黙はそう長くは続かなかった。

堪えかねたように、時雨が小さく噴き出したからだ。

「はーーー。なんというか、ごちそうさまでした！」

「時雨？」

「もうお腹(なか)いっぱいですよ。姉さんにこんな顔させるなんて、博道さんも隅に置けませんね」

ニヤニヤ、口元に意地の悪い笑みを浮かべる時雨。

それは俺のよく知る時雨だった。

そんな時雨の表情を見て、晴香も肩から力を抜く。

「もう、ビックリさせないでよっ。その人をからかう悪い癖、昔と変わらないね」

「そうなのか？」

「そうなの。時雨って昔ッからいじわるなの。あたしがホラー映画のせいで人形がダメになった翌日から普段は遊びもしない人形で遊び始めたり、あたしが蟬が苦手なの知ってるくせに虫かごにいっぱい採って来たり！」


ま、まるで成長していない……！

兄である俺にも同じことをしている、とはこの場では口に出せないので視線だけで抗議。

時雨はちろりと舌を出して言った。

「性分なもので。好きな人にはいじわるしちゃうんですよ」


そのときだ。

昼休みの終わりを知らせる予鈴が鳴り響いたのは。

これを聞いた晴香は椅子から立ち上がる。

「いけない。あたし次体育だ。急いで着替えなきゃ……！　そうだ博道くん」

「なに？」

「今日は部活遅くなるから、もう先に帰ってて。埋め合わせは週末にたっぷりするから」

「わかった。週末、楽しみにしてる。部活がんばれな」

「うんっ。時雨もばいばいっ」

「さようなら」


パタパタと短いスカートをはためかせ走り去っていく晴香。

それを見送りながら、時雨がからかうような調子ではなく、どちらかというと感心したような口調で言う。


「愛されてますね。おにーさん」

「……うん。たまに恥ずかしくなるけど」

「でもそのくらいが嬉しいでしょう」

「そりゃもう」

超嬉しい。

この広い世界に、自分をあんなにも愛してくれる子がいる。

その充足感はとても言葉で言い表せるようなものじゃない。


「あーあ。姉さん楽しそう。私もカレシほしいなぁ」

「作ればいいじゃないか。時雨なら入れ食いだろ。晴香と同じ美人だし」

「私のわがままなんでも聞いてくれて、背が180センチ以上で、シュっとした体形の塩顔で、不労所得が年4000万あって、何があっても私の味方してくれて、私が理由なく怒っても優しくしてくれて、女のことを性的に見ないで愛してくれる東京都内に不動産を持ってる紳士なカレシが欲しいなぁー」

「欲張りセットやめろ」


いねーよそんな男。ツチノコでも探したほうが有意義だわ。


「まあなんだ。せっかくの高校生活なんだし、時雨にもいい人が見つかるといいな」

「……イイ人はもういるんですけどね」

「うん？　なんか言ったか？」

「なんでもありませんよ。それより私達もそろそろ戻りましょう。授業に遅刻しますよ」

「あ、やっべ！」

俺は時雨のA定のトレイを持って立ち上がる。

一瞬ひやっとさせられたが、今日は時雨に助けられた。

トレイを返しに行くくらいは手伝ってやらないと申し訳ない。

第十二話　きけんな×レッスン

「から揚げうんめぇ～」

歯を入れた瞬間『シャク』とくだける衣。
直後『じゅわり』と口の中に広がる肉汁の奔流。
そして鼻を突き抜ける香辛料の刺激的な香り。
やっぱり揚げたてのから揚げは最高だ。

「料理も上手(うま)いし、気配り上手でそのうえ世界で二番目に可愛(かわい)い美少女。うん、時雨(しぐれ)はいい嫁さんになるよ。兄貴である俺(おれ)が保障する。あははっ！」

俺は心からの賛辞を対面に座る時雨に送る。
ホント大したものだ。
時雨が来てから家の食卓の豊かなこと。

どれだけ感謝してもし足りない。

そんな思いを伝える俺に時雨は、

「あの、質問いいですか？」

「ん？　なんだ？」

「普段より五割増しくらいでキモいんですけど。なんなんですかそのテンション」


ハハハ、こやつめ。

せっかく褒めたのになんだその言い草は。

でもそんな憎まれ口も今は心地いい。なぜなら、

「いやぁ明日晴香(はるか)とデートなんだよ。中間テストが終わったから久しぶりのガチデート！　最近ずっとデートって言っても勉強会だったら、もう今から楽しみで楽しみで！　そんなわけで今は世界のすべてにやさしく出来る気分なんだ。それこそ同意なしでから揚げにレモンぶっかけられても許せるくらいに」

「では遠慮なく」

ジュパ‼


「…………」

「どうですか？　許せましたか？」

「うん。ギリギリだったけど許せた。ギリギリだけど」

「案外キャパが少ないですね」


仕方ない。

平時だったら開戦だったんだ。

ギリギリ許せただけでも大したもんだろう。

そう思いながら俺がレモン汁でふやけたから揚げを咀嚼（そしゃく）していると、ふとスマホが鳴った。

無料通話の呼び出し。

表示されてる相手は、

「晴香！」

「これはドタキャンですね間違いない」

「不吉なことを言うな！」

「ちなみに女子のドタキャンは七割が『よく考えたらやっぱ貴方キモくて一緒に街を歩けません。二度と近づかないでください』って意味です」

「やめろ！　仮にドタキャンでも晴香のは違うから！　ちょっと電話出るから、一応静かにしててくれな」

「ハーイ」


時雨がそう言ってから揚げをほおばるのを確認してから、俺は居間から廊下へ出る。

そこで通話に出た。


「もしもし」

「こんばんわ、博道くん。晴香だけど、今大丈夫？」

「大丈夫。晩飯食ってるところだったけど、居間から出たから」

「あっ、そうなんだ。タイミング悪かったね。掛けなおした方がいいかな？」

「いや、少しなら大丈夫だ。何？」

「なら手短に話すね。明日のデートのことなんだけど――」

「う、」

明日のデート。

そう晴香の口から言われ、急に不安になる。

まさかマジでドタキャンだったり……？


「その、博道くんとあたし、もう付き合い始めて二ヵ月くらいになるでしょ？」

「う、うん」

「その間に名前で呼び合えるようになったし、その、まだちょっと恥ずかしいけど手も握って歩けるようになったし、それにほら！　この間のあたしの家で、ちょ、ちょっとイイ感じの雰囲気になったじゃない？　け、結構いい感じだと思うの、あたし達！」

「お、おう」

「そ、それでね、博道くん、前言ってくれたじゃない？　一ヵ月で手を繋げるなら一生でどれだけ仲良くなれるかって！」

「あ、ああ。言った」


今思い出すだけでも恥ずかしい。

高校生のくせに一生なんて、ほんと何言ってんだか。

……ま、まさか。

あの時は笑って許してくれたように思ってたけど、本当はキモがられてた⁉

さっき時雨が言ったドタキャンの真意を思い出して寒気を覚える。

でも、そうではなくて——


「あたし……本当に嬉しかったんだ。あたしとずっと一緒にいたいって、そう思ってもらえてるのがよくわかったから。だから、ね。あたしも、もう少し頑張らないとって思ったの」

「頑張るってなにを……？」

「博道くんと、恋人としての次のステップを踏めるように」

「えっ⁉」

「っ〜！　きょ、今日はとりあえずそれを伝えたかったの！　自分の逃げ道塞いどかないとなんか色々言えなくなっちゃいそうだったから！　そ、それじゃあ、明日いつもの駅で12時に待ってるから！　おやすみ！」


俺が思わず上げた奇声に、恥ずかしくなったのだろうか。

晴香は逃げるようにまくし立てて通話を切った。

アプリが通話が切れたことを知らせるシステム音を鳴らす。

俺はそれでもスマホを耳に当てたまま、立ち尽くす。

耳にリフレインするのはさっきの晴香の言葉。
それはもう、誤魔化(ごまか)しの余地も誤解の余地もないほどに明確な意思表示で――

「し、時雨ぇ！　しぐれしぐれしぐれぇぇッ!!」

彼女の言葉が理解としてようやっと脳に染(し)み渡(わた)ると、俺の頭は処理しきれない嬉しさと驚きと恥ずかしさにパニックになり、俺は救いを求めるよう居間に駆け込んだ。

「はい、はいはいはいはい。私は四人もいませんよ」
「今晴香から電話で、明日、こ、恋人としての次のステップに進めるよう頑張りたいって、そういわれたんだ！　今！」
「……！　へえ。よかったじゃないですか」

時雨は一瞬驚きに目を見開き、しかしすぐにつまらなそうな顔になる。

「で、そのノロケ話をから揚げと一緒におかずにしろと？　胃もたれしそうなんですけど」
「じゃなくて！　つ、次のステップって、この間手を繋いだその次ってことだから、やっぱりアレか⁉　――ハグかっ⁉」
「またずいぶんと目盛りの細かい恋の物差しをお持ちですね。おにーさんは」

え、違うの⁉


「でもハグじゃないなら一体……」

「普通おにーさん達の段階で次って言ったら、キスなんじゃないですか？」

「き、キキキキ、キスッッ⁉⁉」


マジで⁉

いや恋人同士がキスするのなんて当たり前だし、この間はワンチャンあったような感じの空気になったけど、明日そこまで行っちゃうのか⁉

明日、晴香のあのぷっくりした唇と俺の唇を……うわ、うわわわわっ！

「やばいすげードキドキしてきた！　な、なあ時雨！　キスってどうすればいいんだ⁉　やったことないからわからないんだけど、なにかこう、絶対に守らなきゃいけないマナーみたいなもんはあったりするのか⁉　女子的にNGな作法とか！　お前そういうの得意だろ、教えてくれよ！」

「おにーさんは私をなんだと思ってるんですか」


時雨が咎めるような視線を寄越してくる。

てっきり時雨はそういう経験が豊富だと思ってたんだが、そうでもないのか。

と、俺が思っていると、時雨の表情に変化が起きる。

いつもの意地の悪い表情になったのだ。

細めた瞳の奥にぬめっとした輝きを宿す、嗜虐的な表情。

わかる。

次口を開いたらこいつ絶対ろくなこと言わない。


「でもそうですね、そんなに不安なら、今日のうちに練習しておきますか？」

「は？　練習？　キスの？」

「ええ。だってほら、目の前に丁度いい練習台がいるでしょう？　おにーさんの大切な彼女と、顔立ちも、体型も、声も、体の匂いさえ瓜二つな双子の妹が」

「ッ⁉」

「私を姉さんだと思って、キスの練習をすればいいじゃないですか。そうしたら明日、赤っ恥かかなくても済むでしょう？」

ほらな！　ろくでもない！

ホントこいつはこういうことばかり言いやがる！

「バカ！　出来るわけないだろそんなの！」

「私は構いませんよぉ？」

「構えよ！　女の子なんだから、冗談でもそんなこと口にするんじゃないっての！」

「……フフ、おにーさんは優しいですね。本当におやさしい。その調子だと姉さんとはあまり長続きしそうにないですね」

……え？

突然ゾッとするほど冷たくなった時雨の声音に、逸らした目線を戻す。

時雨は笑っていた。

いつもの底意地の悪い笑みじゃない。

冷酷な、虫けらを見下すような笑顔だった。

「それって、どういう意味だよ」

「言葉通りの意味ですよ。遠からず姉さんと破局するって言ったんです」

「な、なんでそんなこと言い切れるんだよ！」

「言い切れますよ。おにーさんみたいな優しくない人、女の子なら誰だって嫌気が差すはずです。おにーさんはもうすこし……そうですね同じクラスでいうと、相沢さんあたりの優しさをお手本にしたほうがいいですよ」

「はぁ!?　相沢ァッ!?」


思わず素っ頓狂な声が出る。

だって、仕方ない。

相沢亮。特進二年のクラスメイト。

いつも教室で同じような仲間達と、弄んだ女子のことを話題にしてゲラゲラ笑っている軽薄な男だ。もちろん女子の間でも評判は相当悪い。

俺が優しくないと言われるのはともかく、比較対象にあの相沢を出されては変な声も出ようというもんだ。

「相沢なんて女の敵じゃねえか。いつもいろんな女子をとっかえひっかえして！　アイツに泣かされた女子がクラスだけで何人いるか……！」

「でも女の子に好かれるでしょう。体があかないほど」

「っ、それは顔がいいから」

「言うほどよくないですよ。垢ぬけた感じはありますけどね。ルックスで言うならおにーさんと大差ないですよあの人」


……実のところ、相沢の容姿がそんなに良くないのは俺も感じていた。

俺と同じかどうかは置いといて、友衛（ともえ）と比較したら一目瞭然だ。

目鼻立ち、細かなパーツのクオリティが根底から違う。

だからこそどうしてこんな奴（やつ）がこんなにモテるんだ、という疑問があったのも事実だ。

そこを的確に突く言葉に、俺は反論を返せない。

返せない俺に、時雨は続けた。


「女の子ってよくこう言うでしょ。優しい人が好きって。あれをね、おにーさんみたいなモテない男子は額面通りに受け取ってますけど、大間違いなんですよソレ。

女子の言葉はいつだって主観なんです。

つまりこの場合の優しいっていうのは世間一般で言う優しいではなく、彼女である自分にとって優しい——つまり都合がいい男ってこと。

相沢さんは確かに世間一般で言うような優しさからは無縁のタラシですけど、彼を彼氏にした女子は、彼に彼女にしてもらえてる間、とっても幸せなはずですよ。だって彼は迷わせないから」

「迷わせない……？」

「彼は自分のことが本当に好きなのかしら。

どこまで言い寄ったら好意的に捉えてくれるかしら。

今日はもっと距離を詰めるべきだったんじゃないかしら。

今日は……嫌われてしまったんじゃないかしら。

押したり引いたり、色々考えますよね。——考えるって、しんどいですよね？」


あ……。


「相沢さんみたいな人はね、そのあたりのモヤモヤを女の子に考えさせないんですよ。

考える間もないくらい能動的に動いて、女の子を不安にさせないんです。

めんどくさいことすっ飛ばして、恋愛の楽しさだけをただ一方的に与えてくれるんです。

それは世間一般でどれだけ軽薄と言われようとも彼女からすれば優しさでしょう？

そう、彼は優しいんですよ。姉さんに悩ませた挙句、自分の退路を断つような電話をさせるおにーさんより、ずっと」

「っっ〜！」

言い返す言葉が、出てこない。なにも、言い返せない。

納得してしまったんだ。

俺の中に在った『女の子に優しく』という常識。

それが根っこから間違っていたんだと。

いや、常識としては間違っていなくても、それをそのまま恋人という関係にある女子に適用するのは間違っていたんだと。

だから、晴香にあんな電話をさせることになった。

「でもこれは過ぎたことです。過ぎたことを言っても仕方がありません。問題はおにーさんがこれからどうするか。このままキスも姉さんにやってもらいますか？　姉さんが悩んで悩んで、おにーさんの言葉の端々から一歩踏み出せる根拠を見つけて近づいてきてくれるのを待ちますか？　それとも今度はおにーさんから勇気を出して距離を詰めますか？」

「も、もちろん俺が――」

「アハッ！」

俺がする。

そう言おうとした言葉を、時雨は小馬鹿にするように遮った。

「出来るわけないでしょう、おにーさんにそんなこと」

「な⁉」

「姉さんの偽物でしかない私相手にすら強く出られない、よわいよわーいおにーさんが、大事な大事な恋人の姉さん相手に思い切ったことができるはずないじゃないですか。

どうせ姉さんのキモチが大事だから～とか言って、都合よく自分が動かない理由を見つけるに決まってるんです。

おにーさんも本当はわかっているんじゃないんですか？　自分がそういう人間だってこと。その証拠に、これだけコケにされているのに私に仕返し一つ出来ないじゃないですか。ぷぷぷ」

「ぐっ、」

なんで、

「いいんですよ？　私を姉さんとする前の練習台に使っても。このさっきからおにーさんのことをイラつかせる口を強引に塞いでいいんです。ほかでもない私自身がいいと言っているんですよ。できないんですか？」

「っ～～～！」

なんでそこまで、

「……ほら何もできない。ホントに情けない人ですね。この雑魚。ざーこ！　やっぱりおにーさんと姉さんそう長くないですよ。まあ私としては、姉さん相手に隠し事をする面倒がなくなるんでさっさと破局してくれたほうが大助かりなんですけど。

そうだ。せっかくだしおにーさんのことも私が貰ってあげましょうか。私、弱くて情けないおにーさんのこと結構好きですし」

「いい加減にしろッッ!!!!」


俺を見下した瞳。

嘲り笑う口唇。

そこから歌うようにつらつらと出てくる侮蔑。

そのすべてに、脳髄が焼けた。
カッとなった。
その比喩の正確さを、俺はたぶん生まれて初めて身をもって知った。
衝動のままに普段なら考えられない行動をとる。
挑発する時雨を力づくで、乱暴に組み伏せる。
両腕を摑んで、強く畳に押し付けて、さらに体重をかけやすいように覆いかぶさる。
まさか俺が挑発に乗ってくるとは思わなかったのだろう。
時雨の目が驚きに大きく見開かれる。
ビクンと身体を強張らせ混乱に瞳を揺らす。
そんな時雨を俺は力づくで押さえつける。
女子にここまでの乱暴をしたのはいつ以来だろう。
小学生？　幼稚園？　記憶にすらない。もしかしたら生まれて初めてかもしれない。
そう、そんなことをやってしまう程に脳が焼けている。
焼けている今だからこそ、——俺自身にも、何をしてしまうかわからない。
でも、

「————、っ」

次の瞬間、俺の焼けた脳髄は冷水をぶっかけられたように冷たくなった。

時雨の手首を摑む手。

そこに、俺の拘束を跳ねのけようとする時雨の抵抗が返ってくる。

なんてささやかな抵抗なんだろうか。

何かしらの格闘技の心得はあったはずなのに。

それとも鍛えても女子の力では、覆いかぶさった男を跳ね除けることは出来ないということなのか。

手の中にすっぽり収まる、細い骨、薄い肉。

男のものに比べあまりにもか細い腕に、弱々しい力。

俺がその気になれば、このか弱い生き物をどうにでも出来てしまう。

この、恋人と瓜二つの妹に、何でも。

そんな手の平の中にある確かな手応えに、

「ご、ごめんっ！」

俺はゾッとした。

慌てて時雨の手を放して、立ち上がる。

そんな俺に、時雨は邪気のない笑みを向けてきた。


「……やればできるじゃないですか」

「！」

「まあここまで強引なのはちょっと減点ですけど、何もしないよりは全然いいです」

「何を言ってるんだ、時雨？」

「何って、おにーさんが女子的なNGがあったら教えろって言ったんでしょうに。いいですか。そもそもおにーさんは女子を大事にしすぎなんです。ああ違いますね。大事にというより怖がりすぎといった方がいいかもしれません。

でも何をするにも間合いを測るように接されては、姉さんの方も気疲れしてしまいますよ。もっと感情を見せてあげてください。

自分の感情を隠したまま、姉さんの感情を教えてもらおうとしないでください。

それは場合によっては姉さんを驚かせたり、怖がらせたりしてしまうかもしれませんが、行為の根底に愛情があるのなら、それを許さないほど姉さんも狭量ではないでしょう」

「………」

「はい。これで時雨先生のNG講義は終了です。さあちゃっちゃと食べちゃってください。お皿片付けたいんで」

……そうか。わかった。

『じゃれあい』と『喧嘩（けんか）』の一線をあれだけ正確に見極（みきわ）められる時雨が、どうしてさっきに限ってあれだけその領域を侵してきたのか。

時雨は俺に、女子に対して感情を感情のままぶつける経験をさせてくれたんだ。俺が冷静さを失うほど噛（か）みついてきたその理由が。

そして、それはきっと俺のためじゃない。

晴香のためだ。

「……時雨ってさ、結構やさしいよな」

「今更気付いたんですか。見る目がありませんね」

時雨はたぶん、怒っていたんだろう。

自分の姉にあんな電話をさせた兄に対して。

実際、それは当然のことだと今は思う。

俺は晴香の電話で馬鹿（ばか）みたいに舞い上がっていたけど、それは次のステップに進むか否（いな）かの懊悩（おうのう）を、すべて晴香に押し付けていたからだ。

あの電話をかけるまでに晴香がどれだけ迷い、悩んだか。

かけた後、どれだけ緊張しているか。

それを思えば、今は舞い上がるどころかあまりの不甲斐なさに自分を殴りつけたくなる。

それはきっと、時雨が今俺に抱いている感情と同じだ。

だからこそ、俺は――時雨に誓う。


「なあ時雨。俺、絶対明日、晴香とキスするから。もちろん俺から。もしかしたらビックリされて、拒否られるかもしれないけど、それでも絶対俺からする。告白は向こうからしてもらったんだ。このくらいしないと、確かに男として示しがつかないもんな」

「……まあ、頑張ってみればいいんじゃないですか？」

「うん。頑張るよ、俺」

カノジョの妹とキスをした

I kissed My Girlfriend's Little Sister

第十三話　もやもや×ウィークエンド

「じゃあ行ってくる」

「はい。ご武運をお祈りしていますよ。おにーさん」

「……ん」


少し照れ臭そうに頷きながら、兄は出発する。

私は扉が閉まるまで手を振り見送った。

彼の顔は少し眠そうだった。

昨日の姉からの電話が原因だろう。

昨日は夜中の三時ごろまでいびきが聞こえてこなかった。

緊張して眠れなかったのだろう。


「……さて」

私は兄を見送った後、キッチンに立つ。

用意するのは兄のための夕食。

昼は姉と食べるそうだから、夜は家に戻ってくるだろう。

二食外食を続けられるほど彼の財布は分厚くない。

献立は野菜炒め。

肉がない分の脂っ気はチューブの中華だしで補う。


「ふぁ……」


……いけない。火を使っているのにあくびだなんて。

実を言うと、兄が深夜三時に寝入ったことを知っている程度には、私も寝不足だった。

理由は、寝る前にあった、あのひと悶着。

本来なら引くべきところで引かず、言いすぎている自覚はあった。

兄のプライドをひどく傷つけている自覚も。

でも、姉にあんな電話をさせたこじらせ気味の兄には必要なはっぱだと思って、私はわざと引かなかった。

殴りかかられたり、組み伏せられたりするかもしれない。

その時の対処も頭の中にはすでにあった。
これでも鍛えてる。荒事は得意な方だ。

だったのだが――

驚くべきことに、兄に組み伏せられた瞬間、私は動けなかった。
竦(すく)みあがったのではない。
他ならぬ自分のキモチだ。
誤魔化(ごまか)すことは出来ない。
そう、私はあの時、期待していたんだ。

今抵抗しなければ、どこまで行ってしまうのだろう。と。

「…………」

義兄・佐藤博道(さとうひろみち)に対して、多少の好意を抱いている自覚はあった。
なぜ、というと具体的な理由に思い至るわけではないが、初めて出会った日、自分だけ楽をするという私の苦言に頬(ほお)を張って無理して名前を呼んでくれたり、自分のキャパシティが大して大きいわけでもないのに、妹である私に不便をかけまいと頑張る姿を好ましく感じたのが、きっと一番最初のきっかけだろう。

私がじゃれつくたびに、おっかなびっくりしながら必死に兄としてそれを受け止めようとしてくれる姿は、非常に愛おしく、可愛(かわい)らしく、嬉(うれ)しかった。

兄妹と言っても、私達はまだ出会って一ヵ月程度。

私自身が兄を兄として見られているかと言うと、やはりそれは無理がある。

この好意の位置づけは、肉親というより他人に対するものだ。

まったく、双子というのは恐ろしいとつくづく思う。

姿かたちはもちろんのこと、好きな髪型やシャンプー、さらには男の好みまで似るのだから。

でも、だからと言ってこの気持ちが恋愛に結び付くかというと、そんなことはない。

当然だ。義理とはいえ兄は私の兄で、そのうえ私の実姉の恋人なのだから。

もはや前提条件からして恋愛に至るなどありえない。

到底考えられない。

昨日のアレは、年頃(としごろ)の好奇心とその場の雰囲気に流されただけだ。

「私、もしかして欲求不満なんですかね？」


なにしろこの狭い生活空間では致すことも致せないわけだし。

これからは少し注意しておこう。

……ただ、まあ杞憂(きゆう)であるようにも思う。

昨日も、もし兄があれ以上の何かに及(およ)ぼうとしても、その時は我に返っただろうことに疑いはない。


なにしろ私は、――愛だの恋だのが大嫌いなんだから。


バカバカしいことだと、はっきりと嫌悪している。

一時の気の迷いで右往左往し、場合によっては周りの人間にまで迷惑をかける。

まったくもってろくでもないことだ。

他人が盛り上がるのは勝手だが、自分自身でその喜劇の主役になる気は毛頭(もうとう)ない。

兄とは今の関係が一番いい。

彼はこの家の中で私のわがままを聞いてくれる。

甘えさせてくれる。

構ってくれる。

私の可愛いおにーさんでいてくれている。

それで十分だ。

これまでも、これからも。

……だけど、

「やっかいなことに、もうその喜劇に巻き込まれているんですよねぇ」


野菜炒めを皿に盛りつけながらぼやく。

そう、今のままでは良くない問題もある。

姉のことだ。

天文学的確率の偶然で始まった双子の姉の恋人との同居生活。

これはなんというか、なかなかに大変なことだ。

二人きりで同居している今バレるのは論外だが、一年後両親が帰ってきた後でも、自分と瓜二つの人間が恋人と同じ家で生活をしているという関係が露(あら)わになれば、姉は心穏やかにはいられないはずだ。

姉が主演を務める恋という喜劇に波乱をもたらすのは間違いない。

つまり私は黒子として、この舞台装置の扱いに細心の注意を払わねばならないわけだ。

まったく、恋愛とかいう乱痴気騒ぎに巻き込まれる他人はいい面の皮だと改めて思う。

だが赤の他人ならいざ知らず、事は姉のこと。

ならば多少は協力してあげようという気にはなる。


だって、私は生き別れた姉のことが昔から大好きだから。


おやつのケーキが私の方が大きかったら文句を言う。

ゲームで私が勝ち続ければべそをかく。

なにかと手のかかる姉だったが、彼女に大きいケーキを譲ってあげたり、わざとバレないように負けて一位を譲ってあげたりしたときの姉の天真爛漫な笑顔を見ると、自分で大きいケーキを食べたときや一位になったときの何倍も嬉しくなった。

私は、……姉が喜んでいる顔が、なによりも大好きだった。

それは今も変わらない。


「さて、っと……」

それではそんな姉想い(おも)の妹として、具体的に何ができるかという話だが、実のところ私には今存在している奇怪な人間関係、それにより生じる未来の憂慮の悉く(ことごと)を解決する手段がある。

そう、あの鈍い兄は全く気付いていないが、この同居が生み出す諸問題は、たった一手で、それこそ一年と待たず明日からでも解決することができるのだ。

どのようにして？

簡単なことだ。

私は野菜炒めの皿とごはんと汁物用の食器をちゃぶ台に並べると、フードカバーを被(かぶ)せて、その傍(そば)に帰りが遅くなるから夕食を先に食べるよう指示するメモを置く。

それからスマホを取り出して、ある人物に連絡をとった。

「もしもし、相沢(あいざわ)さんですか？」

×　×　×

午後二時。

駅時計の前で待っていると、時間ぴったりに彼はやってきた。

「やっほー！　時雨ちゃーん！」

「こんにちは。相沢さん。突然お呼び出ししてごめんなさい。迷惑でしたか？」

「んなことナイナイ。つーかずっとデート行こうって誘ってたのオレだし」


そう言ってホワイトニングをかけた歯を見せて笑う相沢亮。

星雲特進随一のプレーボーイ。

私にも転校初日から毎日のようにデートの誘いをかけてきていた。

今日の彼は、普段見るブレザーとは違うラフな服装。

白地のプリントTシャツとスキニーのデニムで、シルエットのスリムさと涼し気な色合いによる清涼感を演出。ともすればシンプルになりすぎる全体を首や手首に嫌味にならない程度のアクセサリーを装備することで纏めている。

……とりあえずチェック柄の襟シャツ着とけばオシャレだろ、みたいなウチの兄とはたいへんな違いだ。そもそも兄はブレスレットなんて持ってない。

ちなみに私の方も普段よりは気を使った服装だ。

洗濯が面倒なので滅多に使わないプリンセスラインのピンクのワンピースに、夏場でも使える軽いカジュアルアウターを合わせ、メイクも程ほどに。足元はヒールサンダルで露出させ、足と手の爪には薄いジェルネイルを施している。

所謂清楚系コーデ。

私の普段のキャラならこれが一番しっくりくるし、なにより男受けも抜群だ。

……まあ目の前の男は言わずと知れたセックスＲＴＡプレーヤーなので、女であれば受けも何もあったものではないかもしれないが。

とはいえジャージでくるわけにもいかない。

なにしろこれは、デートなのだから。


「いやマジ嬉しいわ。時雨ちゃんのほうから声かけてくれるなんてさー」

「ずっと熱心に誘ってもらってましたから。中間テストも終わったことですし、どうかなぁと思って。相沢さんの予定が空いていてよかったです」

「どっか行きたいとこある？　ないならエスコート任せてよ。俺この街に超詳しいから」

「なら相沢さんにお任せします。私はまだ引っ越してきて日が浅いので」

「よっしゃ！　じゃあまずタピっときますか！　いい店が近くにあるんだ」

そういうと相沢は実に自然な動作で私の手を握って歩き出した。
そうするのが当然のような、嫌悪感を出し抜くスマートさは流石に手馴れている。
手を繋ぐのに一ヵ月かかったらしいあの二人とは大違いだ。

……さて、そういうわけで私は相沢とデートをすることになったわけだが、これは私が相沢に気があるから、という理由ではもちろんない。
これこそが、私と姉と兄、その間に存在する大きな問題を一瞬にして解決する手段だからだ。

つまりは、私が彼氏を作ること。

私に彼氏がいれば、姉が受ける衝撃は大幅に緩和される。
それこそ明日バレたとしても、ショックの度合いは相当変わってくるだろう。
恋愛なんてくだらないことのために、姉妹や兄妹の間に亀裂が生じることもなくなる。
ならば……やはりこれが最良だ。
兄にとっても、姉にとっても、そして二人の間に挟まれている私にとっても。
このやり方が一番丸い。

相手に相沢を選んだのは、この男なら利用してもこちらも罪悪感がないからだ。

まったくの恋愛感情無しに例えばキン肉くんのような人を彼氏にするのはひどく胸が痛む。

私にだって良心というものはある。

超えてはならない一線は弁(わきま)えてるつもりだ。

それに偽りの恋愛感情で成り立つ関係は、いつ崩れるかわからない。

最低でも一年は関係が持ってもらわなくてはこっちとしても困る。

一方で相沢は身体さえ許しておけば、こちらの嘘(うそ)にも付き合ってくれるだろう。

こっちも彼の女遊びを咎(とが)めるつもりはないので、この関係は惰性で維持できる。

姉と兄のための嘘を持ち掛けるにあたって、彼ほど都合のいい男はいない。


「ここ、タピオカ増量が無料なんだよ。店主サイコー」

「男の人でもタピオカ好きな人いるんですね」

「好き好き。大好き。一日一食はタピって決めてるからオレ」


脳味噌の外側しか使っていないようなジョークを交わしつつ、私は抹茶オレ、相沢はミルクティーをそれぞれ頼みカフェテラスへ。

まずは女子の定番スポット。外れないチョイスだ。

まあ……、私は嫌いなんだけども。タピオカドリンク。

いやタピオカが嫌いというわけではないが、このビジネスモデルが嫌いだ。

なにぶん家が貧乏なので原価率の極端に低いものを食べると歯茎がもにょもにょするのだ。

「にしても私服姿の時雨ちゃん新鮮だわ〜。いいとこのお嬢様みたいで、清楚な時雨ちゃんに超似合ってる」

「あは。買いかぶりですよー。私こう見えても結構いじわるなんですよ?」

「やっべぇいじわるな時雨ちゃんみてみてー。そのブレスレットも可愛いじゃん。結構いいお値段する奴(やつ)なんじゃないの?」

「いえ、これは露店で買った安物です」

「マジ? 時雨ちゃんトレジャーハンター? 今度俺のシルバー選ぶのにも付き合ってよ」

「相沢さんのネックレスのトップも面白(おもしろ)い形してますね。それ、ボルトですか?」

「うん。俺の頭のネジ。こないだ落っことしたから無くさないようにしてんの。これ落とさなかったら中間ももうちょっと上狙(ねら)えたんだけどねー」

「やだー。あははっ」

二人で席に着いて雑談する。

相沢が積極的に話題にしてきたのが、私の私服だ。

同じ学校に通う生徒同士で共通の話題といえば学校の話題などもあるが、これはデートで話すこととしてはあまりよろしくないチョイスだ。

なにしろ学校の話題は話していて楽しいのであって嬉しい内容ではない。

でも、ファッションを褒められたり、そのこだわりを話して同意を得られると嬉しい。

この二つは似ているようで全く違う感情だ。

楽しさは友情に、嬉しさは愛情に変化しやすい。

これを理解せず楽しさばかり追求すると、打ち解けているのに距離がなかなか縮まらない、そんなあまりよくない膠着（こうちゃく）状態を発生させることになる。

流石にこのナンパ師は感情の性質をよく理解している。

そしてユーモアを挟みつつ、途切れることのない、しかし疲れることもない雑談が二十分くらいが経過したとき、

「あれー？　アイじゃん。また女子とタピってんのオマエー」

「太るよー。飲むカツ丼だからねそれ」

私達のテーブルに四人の男女のグループが近づいてきた。

ＥＤＭとか超好きそう。

私が一見してそんな印象を受ける風体の彼らは、相沢に親し気に話しかけつつ私の方を窺う。


「あー。アイちゃんまた新しい女の子連れてるー」

「マジじゃん。ホント入れ変え早すぎじゃねー？」

「モテんのかモテないのかよくわかんねーやつだなアイは」

「ちょ、お前らなんでいるし。つーかミオ新しい女とかいうなっての」

「……この人達は相沢さんの友達ですか？」

「ああゴメンね時雨ちゃん。うっぜー連中に見つかっちまって。コレ、俺のオナ中のダチなんだわ。全員バカだから星雲に来れなかったの。バカにしていいよ」

「あ、ひっどーい」

「シグレちゃんっていうの？　今の聞いた？　こいつ酷い奴だから近づかない方がいいよー」

「だからやーめーろーしー」


どうやらデート中に知人と遭遇してしまったらしい。

相沢は困り顔で四人を追い払おうとするが、四人は楽しいおもちゃを見つけたとばかりに離れようとしない。

やがて相沢は諦めたように、こうなったら六人で遊びに行こうと私に切り出してきた。

別に相沢と二人きりのデートにこだわる理由もないので、私はこれを承諾。

あれよあれよと段取りを済ませ、私達は六人で近くの遊戯施設でボウリングをすることになった。


「キャー！　シグレちゃんめっちゃ上手ー！　またストライクじゃーん！」

「いえーい！　ハイタッチしよ、ハイタッチ！」

「なんかフォームがキレーだなぁ。時雨ちゃんさ、なんかやってたべ？　普通の人間の体幹じゃねーでしょそれ」

「ええ、小3の頃からこっちに引っ越すまでフルコン空手を」

「格闘技⁉　いっがーい！　見た目超お嬢様って感じなのにー」

「アイさ、喧嘩したら負けるんじゃね〜？」

「いやいやそれはないでしょ。俺だってほら腹筋割れてし？」

「見せ筋でしょー。おめー筋トレばっかでスポーツしてないでしょー。そんなんで格闘技経験者に勝てるわけねーじゃん」


一同は一緒にいると疲労感を覚えるほどにゲインしたテンションで、事あるごとにはしゃぎまわる。ストライクなんてとろうものならお祭り騒ぎだ。

何がそんなに楽しいのか理解が出来ない。

人生にそんな飛び跳ねて喜ぶような出来事なんて、いくつあるだろう。

でも私のそんな戸惑いはお構いなしに、彼らは盛り上がりの中心に私を置こうとする。

女子二人は積極的に私に引っ付いてあれこれと話題を振り、男子二人はすこし離れた位置から無駄にオーバーなリアクションで場を盛り上げ、相沢は知らない人間ばかりのグループに入って心細い（はずの）私の隣で、圧の強い女子からナイトのように寄り添って私を守り、このグループの空気に溶け込めるよう気を配っている。

そのフォーメーションの完璧（かんぺき）さに、思う。

これはたぶん仕込みだと。

カフェでの出会いは偶然ではなく、相沢が元々招集をかけていたのだろう。

あるいは、本来今日は彼ら五人で遊ぶはずだったところの予定を変更したのか。

本当に仕込みだとしたら、まったく堂に入ったホストっぷりだ。

デートと言えば一対一。

そういう固定観念に捕われる男も多いが、実は女子にとって相手の交友関係の広さというのはともすればルックス以上に重視されるステータスだ。

相沢は自分という人間だけでなく、自分という人間を中心とした世界を見せている。

俺といればこんなにも楽しいのだと、非日常を提供している。

私は彼に好意を持っていないからまるで響かないが、彼に好意を抱いている……つまりは、女癖がとことん最悪と噂（うわさ）されるような人間に近づいて行く、冒険したがりの女にしてみれば、相沢が自分を退屈な日常から連れ去ってくれる白馬の王子様に見えることだろう。

中間の順位はよくなかったと記憶しているが、一応は星雲の特進だ。

大学はそこそこの場所に入るだろう。

商社にでも就職すれば、やり手の営業マンになるのではないだろうか。


「…………」

そんな、
何とも如才（じょさい）のない相沢を見ていると、私は、
ああ、私は、

……ひどく不愉快な気分になってくる。

それはもちろん相沢が悪いわけじゃない。

彼は私が予想していた通りの、女にとって優しい男だ。

私にとって、これ以上いないくらい都合のいい男だ。

そこに文句はない。

ただ、……このやり口を私は昔一度見たことがあるんだ。

十年程前に。

それをどうしても思い出してしまう。

つまりは、……私と姉さんが生き別れる原因を作った、母の不倫相手の姿を。

×　×　×

私の母と実父は10歳年の離れた夫婦だった。

母はグラドル出身の俳優。

実父は中堅出版社の編集……だっただろうか。

どこで二人が知り合ったのかは知らないが、二人は母が22歳、父が32歳の時に婚約。

母は結婚を機に仕事を辞めて、私と姉の二人を出産した。

私の記憶にある家族の肖像には、幸せな団欒の風景が描かれている。

当時の私はその光景が永遠不変のものと疑っていなかった。

だが……今思えば、あの結婚は不相応なものだったのかもしれない。

私達が物心ついた年齢になっても、母は輝くような若々しさと美しさを保っていた。

それは幼いころの私達の自慢でもあったし、母に似ていると言われるたびに嬉しくなったものだ。

だがその一方で父はとりわけ顔がいいわけでもなく、デスクワーカー故に体型もだらしなく三十も半ばを過ぎ頭髪も後退が始まっていた。

本人もそれは気にしていたように思う。

ともすれば、いつまでも美しい母に引け目を感じていたかもしれない。

彼はそんな引け目を金銭で埋めようとしていたのか、とにかく仕事ばかりしていた。

帰りが遅いばかりか、日をまたがないと帰ってこないときも多かった気がする。

お父さんいつ帰ってくるの？

お父さんはおしごとで忙しいの。私達のために頑張ってくれてるのよ。

父のいない食卓でのやり取りが記憶に強く残っているのは、それだけ幾度も繰り返したからだろう。

そして……父のいない時間が増えていくにつれて、代わりに私達家族の前に頻繁に現れるようになったのが、――高尾タカシという男だった。

へぇ、君達が晴香ちゃんに時雨ちゃんか。二人そろってお母さん似の美人さんだ。

高尾タカシ。

今もドラマなどでよく見かける実力派俳優。

彼と私達姉妹が初めて引き合わされたのは、確か母の現役時代の友人が主催したＢＢＱパーティだ。

父の帰らない週末。

私達は母に連れられてそのパーティに参加し、母から彼を紹介された。

当時の高尾は、二十歳になったばかりか、なる前か、そのくらいだったはずだ。

中性的な顔立ちによく手入れされた肌。

柔らかな印象を与える赤みがかったマッシュヘアーと洒落っ気のあるピアス。

スキンケアやネイルケアも抜かりなく、こんなにも綺麗な男の人がいるんだと第一印象で感じたのをよく覚えてる。

物腰も外見から感じる印象に相違なくやわらかで、姉は良くなついていた。

でも、私は初めて逢った時から彼の事が好きではなかった。

好きになれなかった。

子供ながらに、母と高尾の距離に違和感を覚えていたのかもしれない。

その違和感は、高尾が家に入り浸るようになってから次第に強くなる。

彼と接しているとき、あれだけ私達を大切にしてくれていた母の目に、私達の存在は映っていなかった。


……もちろん、こんな大胆な密会は長く続かない。

母の不倫は程なく父の知るところとなった。

しかし、言い争いをしていた記憶は、あまりない。

もしかしたら父は、母に負い目を感じすぎるあまり、本気で怒ることも出来なくなっていたんじゃないだろうか。

もしあのとき、父がちゃんと自分の感情を見せて、暴力を振るってでも母を諫めていれば、もっと違う結末があったんじゃないだろうか。

それを期待したからこそ、母も隠そうともしない逢瀬を繰り返したのではないのか。

……今だからこそ思うことは色々とある。

が、すべては過ぎ去った過去の事だ。

今更確かめようもない。


結果として、二人は離婚。

不変と信じて疑わなかった家族は壊れ、私は母と、姉は父と別々に暮らすことになった。

もちろんこのあと母は不倫相手の高尾を頼ったが、――至極当然のことではあるが、二人も子供がいる人妻に不倫を持ち掛けてくるような男が、人間的にまともであるはずがない。

アンタは人妻だから燃えたんだよ。離婚したらただのこぶつき年増じゃん。身の程をわきまえろっての。

高尾が最後に母に吐き捨てていったセリフだ。

何日も咽び泣く母を私はひどく冷めた気持ちで見つめていた。

家族を壊して、私と姉さんを引きはがして、散々周りを振り回した挙句がこれかと。

なんて、なんて愚かな行為なのかと。

それ以来、私は愛だの恋だのに対して、少女にありがちな幻想を一切抱かなくなった。

それは今も変わらない。

変えようとも思わない。

あんな喜劇の主役になるなんて、私はまっぴら御免なんだから。

×　×　×

「あー、たのしかったー」

「シグレちゃんマジぶっちぎりだったねー」

「まさかオレがボウリングで負けるとはなー。くやしーっ」

「ハハッ。アイって女の子とするスポーツだけはやたら強いのにね」

ボウリングを終えた後、私達は遊戯施設を出て駅に繋がる歩道橋を歩く。

時刻は夕方19時。

夏至が近づき長くなった日の尾っぽが、夕闇(ゆうやみ)の中で茜(あかね)に燃えている。

すぐに夜のとばりが降りきることだろう。

だが、もちろん彼らの様な人種が暗くなったので解散、なんてことはない。

当然話題は夜の時間をどう遊ぶかに流れる。


「ねーねー。これからどーする?」

「どーするもこーするも、土曜の夜はコレに決まってるっしょー」

「「「ソレナーッ!」」」


後から来た男の一人が何かを一気飲みするような仕草を見せ、皆がわざとらしく同意する。

もちろんタピオカドリンクではない。

……でも、それに付き合うのはちょっとごめんだ。

当たり前といえば当たり前だが、酒は飲んだことがない。

飲んだ自分がどうなるかがわからないまま、他人の前で酒を飲むのは嫌だ。

迷惑をかけるとかそういうのではなく、隙(すき)を見せるのがいやなのだ。

私という獲物を連携して狩りに来ている彼らの思惑は、このまま自分達のコミュニティの中に私を引きずりこんで、酒を飲ませて酔わしてしまえばあとはどうにでもできる、という魂胆なのだろう。

それは年相応に恥じらいを持っている乙女を手っ取り早く陥落させる手段なのかもしれない。

でも、

「じゃあみんなでコンビニよってマサんち行こーぜ。時雨ちゃんも来るよね？」

今回の場合、私の方がはじめからそのつ、も、り、で、来、て、い、る。

だったらわざわざ無駄に脳細胞を死滅させる工程を踏む理由はない。

……こちらが相沢を好く理由付けが出来る程度のイベントはこなした。

頃合（ころあ）いだ。

さっさと相沢だけを連れだしてしまおう。

こちらから誘えば、向こうも無駄な行程が省けるわけだから断りはしないはずだ。

そう思った私は、くるりと相沢のほうに向きなおり、

「あの相沢さ、――――――――え、」

瞬間、
ふと振り向きざまに視界を掠めた歩道橋下の公園の光景に、
私は雷に打たれたような強い衝撃を受けた。

ぐらりと、視界が傾ぎ、
心臓が狂ったように早鐘を打ち始める。
全身からサウナにでもいるように汗が吹き出し、なのに身体は芯から凍え震えてくる。

きもち、わるい……。

思わず口元を手で押さえる。
まるで内臓が全部ひっくり返ったようだ。
腹の底で胃液を何十倍も濃くしたものがぐつぐつと煮えたぎっている。
それが今にも口から飛び出してきそう。
でも、

なんで、これ、
私、どうして、こんな、こんな――――、っ、

「うん？　どうしたの。ほらっ時雨ちゃん、一緒にいこーぜっ。俺達もう仲間じゃん？」

「………………」

「時雨ちゃん？　どこ見てんの？」

「……ごめんなさい。私、ちょっと体調が悪いみたいだから、帰ります」

「ええー！　しぐにゃんさっきまで元気だったじゃん！」

「そーだぜー。ハイスコアガール。そりゃないよー」

「だいじょーぶだって。そんなキツイのは出さないから」

「そうそう。夜はこっからアガってくるとこなのにー」

「――よせってお前ら」

渋る仲間達を諫めたのは相沢だった。

「確かに顔色あんまよくねえし、無理強いはすんなよ。……でもそんなに具合悪いなら電車に乗るのもしんどいでしょ、時雨ちゃん。この近くにゆっくり休憩できるところ知ってるから、

そこで休んでいこーよ」

そう言うと相沢は私の肩に手をまわしてくる。

予定通りに行かないなら強引(ごういん)にというわけだ。

……私は愛だの恋だのに興味がない。

この世で一番くだらない、唾棄(だき)すべきものだと思っている。

だからもちろん、自分の純潔にもこだわりがない。

どうせどこかの誰(だれ)かでいつかは捨てるもの。

なら相手が誰かなんて大した問題ではない。

それがたとえ最低の女癖で知られる男でも。

そう思っていた。

ああ、なのに、今は――

こいつの息が私の髪にかかっていることが、

こいつの指が私の身体に触れているということが、

こいつの下卑(げび)た欲望が私の身体に向けられているということが、

こいつの何もかもが、――――気持ち悪くて我慢出来ない。

「じゃあ行こうぜ。大丈夫。オレが優しく介抱してあげるから。ね」

「……帰る、って、…………でしょ」

「え？　なに？　聞こえないなぁ」

ぐっと肩を抱く手に力が籠る。

爪が食い込む。

逃がさないという主張。

その瞬間にはもう、体が動いていた。

相沢の手をしゃがんで外し、その体勢から体を横回転。

地面スレスレを斬るような水平蹴りで相沢の脚を払う。

相沢の身体が地面に向かって崩れる。

それと入れ替わるように私は膝を起こして踵を振り上げ、彼が仰向けに倒れた直後、顔の真横に振り上げた踵を落とした。

相沢の顔の真横で威力を受け止められなかったサンダルのヒールが折れる。

突然の暴力に唖然とする相沢に、私は怒鳴りつけた。

「帰るつってんのッッ!!!!」

彼らは、追ってこなかった。

× × ×

時雨の一喝に飲まれ、凍り付く場の空気。

それがようやっと解凍したのは、遠ざかる彼女の背が小さくなり始めてからだった。

帰宅途中のサラリーマンや駅前ゼミの塾生らがざわめく中、相沢の友人達は倒れた相沢の元に集まる。

「お、おいおい大丈夫かよアイ」

「こっわぁ。何あの子、いきなりプッツンして。全然お嬢様じゃないじゃん」

「相沢どーするべ。今からおっかけるか?」

「お？ 拉致る？ 拉致っちゃう？」

しかしこれに相沢は首を横に振った。

「いや、いいわ。元々なんか手ごたえいまいちだったし。……それに」

「それに？」

「なんか、ちょっと…………気持ちよかった」

「「「え」」」

第十四話　はつこい×カタストロフ

昔から、姉の天真爛漫（てんしんらんまん）な笑顔が大好きだった。
私の大きなケーキをあげたとき、
手加減して一位を譲ってあげたとき、
姉が見せる笑顔は自分で大きなケーキを食べたときや、一位をとったときの何倍も私を幸せにしてくれたから。
私はそれを、守りたい。

だから彼氏を作る。

そうすれば自分と兄の関係が明るみになったときの姉のショックを緩和することが出来る。

今構築されている人間関係を、必要以上に脅かさないで済む。


素晴らしいアイデアだ。

私と兄の関係も、私と姉の関係も、大切なものだ。

恋愛などという一時の気の迷いで取り返しのつかない傷をつけるなんてあまりに不合理。

私のとるべき選択が、他にあろうはずがなかった。

気の毒なのは恋を知らない私のような女に利用される彼氏だが、これは騙してもさほど心の痛まない、なおかつ身体だけのつながりで関係を持続させられる相手を選んだ。

もっとも、選んだ以上は相応のメリットを彼には還すつもりだった。


誰一人損をしない、不幸せにならない。

事態を最も丸く収める方法。

私だけが出来る、私だけがあの二人のためにしてあげれる最良の。

そうだ。
わかっている。
わかっているんだ。それは。なのに、
駅前の公園でキスをする兄と姉を見た瞬間、私の全てがその実行を拒んだ。
拒んで、私は逃げ出した。

自分に誓った何もかもをかなぐり捨てて。

それからは……何をしていたか、よくわからない。

どこをどう歩いてきたのか、電車に乗ったのか、バスに乗ったのか。

何もわからない。

気が付けば、いつの間にか降り出した雨にずぶ濡れになりながら、兄と共に暮らすアパートの前に立ち尽くしていた。

その間、私の目は何も見てはいなかった。

いや、目で見たものを脳が何一つ認識していなかった。

脳裏を巡るのは、ただただ、答えの出ない自分自身への疑問。


姉のために彼氏を作るんじゃなかったのか。

なのにどうして、相沢についていかなかったのか。

あの場で相沢についていけば、すべて丸く収まったのに。

どうして、どうして――

私は一体、何をしているんだ?

私は一体、……何がしたいんだ？

幾重にも重なる答えの出ない疑問に、意識が濁(にご)る。
意識の濁りが、視界にも降りてくる。
暗い視界の中、見上げる私達の部屋には明かりがついていた。
兄がもう戻ってきているんだろう。
……帰りたくない。
今、兄に向っていつもの笑顔を返せる自信がない。
兄から嬉々とキスの話をされて、自分がどんな顔をするかが怖い。

「……怖い」

でも外はこの雨。時間ももう夜の21時。
……他に帰る場所なんて、私にはない。
幽鬼のような足取りで腐りかけの鉄骨階段を上る。
そこで自分が素足であることにふと気づく。
どうやら壊れたサンダルはどこかに忘れてしまったらしい。

そんなことにすら今になるまで気づかなかった自分の有様(ありさま)に苦笑がこぼれた。

私は二階に上がり、家のドアノブに手をかける。

カギは閉まっていない。

扉を開けると、玄関にはやはり兄の靴があった。

ただいまと言いながら、家に入る。

でも返事は帰ってこない。

私は濡れた脚で廊下に上がる。


ぺたり、ぺたり、ぽたり、ぽたり。


足跡と髪から滴(したた)る水滴で廊下を汚しながら居間に向かう。

そこには壁に背を預け、寝息を立てている兄の姿があった。

居間のちゃぶ台には手の付けられていない夕食。

どうやら夕食を取る前に寝入ってしまったようだ。

デートの緊張感から解放され、昨日の寝不足から来る眠気が一気に押し寄せてきたのだろう。

よく眠っている。

楽しい夢を見ているのだろう。

瞼は柔らかく閉じられ、寝息は穏やかで、口元はだらしなく緩んでいる。

その唇の端には、私が使っているものと同じ薄桃色の口紅の痕が微かに残っていた。


「……あはっ」


瞬間、私は鼻腔から入り込んだ空気が、ハッカに似た清涼感で頭蓋の中を満たすのを感じた。

頭の中が清々しい程に真っ白になり、あれだけ私を悩ませていた疑問も消え失せる。

残るのはたった一つの衝動。

衝動に私は突き動かされ、畳が濡れるのもお構いなしに廊下と居間の框をまたぐ。

兄に近づきながら、私は自らの上唇を舌で舐める。

次いで下唇を同じように。

そうして十分に湿らせたそれを、——兄の唇にそっと押し当てた。


「ん……」


寝苦しそうに身じろぎする兄の頰に手を添える。

乾いた兄の唇に濡れた唇を押し当て、優しく擦り付ける。

そこに残る姉の感触を自分のそれで塗りつぶすように。
やがて唇を離し、姉の口紅の痕が消えたのを見て、

「っっっぅ～～～～～～!!!!」

私は身体を突き貫く痛みすら覚えるほどの強烈な快感に、身震いした。
……ああ、そうか。
このとき、私はきっと初めて理解したのだ。
私の家族を壊した時の母の感情を。

自分の生きてきた世界が、たった一人と、それ以外の全員とで、真っ二つになる感覚。

これまでの人生で積み上げたもの。
築いてきた人間関係。
信頼、友情、親愛、自らの価値観――
それら何もかもが目の前のたった一人と比べて取るに足りないものに成り下がる。
そんな強烈な――執着。

これを『恋』と呼ぶのだろう。


この日、私は生まれて初めて恋を知った。

相手は自分の義兄で、自分の実姉の彼氏。

喜劇といえばこれ以上の喜劇もない。

一時の気の迷いでこんな喜劇の舞台に好き好んで上がるような人間は、どうかしている。

そう思う。本当に。

でも——それでも、私は知ってしまったんだ。

歩道橋から二人のキスを見たときに。

その光景を受け入れられない自分自身の気持ちを。

その光景を受け入れるくらいなら何もかもを壊してしまいたくなる強い衝動を。

そして知った以上はもう誤魔化（ごまか）せない。

もう、戻れない。

大きなケーキは譲れても、
ゲームの一位は譲れても、
この恋だけは、譲れない。

×　×　×

晴香とキスをしている。
最初は夢だと思った。
人生最高の一日だった日の名残りが見せる、幸せな夢。
でもすぐに違和感を覚えた。
そのキスが、唇を蕩かすほどに情熱的だったからだ。
こんな感触、俺は知らない。
知らないものを夢に見るものなのか？
……いやこれ、現実じゃね？
「ンンンンンッッ⁉︎⁉︎」

慌てて晴香を引きはがす。

——いや、晴香じゃない。

至近距離ではわからなかったが、目の前にいたのは、髪も服もびしょびしょに濡らした時雨だった。

「……おはようございます。おにーさん」

「し、時雨⁉　お前、いま、いまなに、ええええええ⁉」

「流石に二回目ともなると目を醒ましますか。私としてはどっちでもいいんですけどね」

二回目⁉

二回目って言ったか今！

いや回数の問題じゃない！

「い、いいいい今、キス、キスしてたよな⁉　俺に！　な、なんで⁉」

「キスをする理由なんて、好きだから以外にあるわけないじゃないですか。言ったでしょう。キスは好きな人とするものだって」

「は、はあ⁉　す、好きって、時雨が俺を⁉　いやそんなわけが——」

「うるさい」

　直後、二度目、いや三度目の口づけで強引に唇が塞がれる。

「し、時雨、悪ふざけは……」

「好き」

「だから……」

「好き」

「あの、ちょっと――」

「好き」

　一つ愛を告げるたびに唇が重なる。

　焼ける様に熱い唇から、時雨の熱が、想いが、――愛が、俺の中に染み込んでくる。

　それはまるで毒のように俺の身体を動かなくした。

　俺は、圧倒されたんだ。

　時雨の瞳に湛えられた、今にも涙となって零れ落ちそうなほどの情愛に。

　そして時雨はその瞳に俺だけを映して、俺だけを閉じ込めて、囁く。

「好きなんです。おにーさんが。私にいっぱい優しくしてくれるおにーさんのことが。

別に姉さんとは付き合ったままでもいいんです。

ううん、もっといえば、この先結婚して、家庭を持ってくれてもいいんです。

私はそういうのは何一ついりません。

姉さんを悲しませたくはないですし、なによりそういう『建前』がなんの絆にもなりはしない、くだらないものだということをよく知っているので。

私はただ、これからすべての瞬間に、貴方の心の一番深いところに居られればそれでいい。

だからおにーさん。……私に浮気しませんか？」

それはいつか聞いたような言葉。だけど、

「今度は、冗談じゃないですよ」


ああ……わかる。こんな目で見つめられたら。こんなキスをされたら。

時雨が本気なんだってことは、女心のわからない馬鹿な俺にもわかる。

そっと、俺の頬に時雨の手が添えられる。

何度目かの口づけが、ゆっくり降りてくる。

先ほどまでの貪るようなものではない、優しい口づけが。

……このとき俺は、抵抗できたはずなんだ。力任せに時雨を突き飛ばせたはずなんだ。

でも、俺はそうできなかった。

突然のことで混乱していたから？　時雨の大きすぎる感情に圧倒されたから？

わからない。

ただ確実に言えることは、俺はもうこのとき、侵されていたんだ。

毒々しいまでに濃く甘い、——愛情という猛毒に。

……そして唇が重なる。

優しく、熱く、甘い感触が、思考を塗り潰していく。

一生忘れまいと思った晴香とのキスの感触も——もう思い出せない。

そうして俺は最愛のカノジョと初めてキスをした日、カノジョの妹とキスをしたのだった。

あとがき

純愛ラブコメブームが来た！　ずっと冬の時代だった純愛ラブコメが最近元気らしい。ならずっと温めてきた彼女の妹との純愛ラブコメを書くしかない！　え？　それは純愛じゃないって？　いやいやいやいやいやいや何をおっしゃる。一般的な倫理観に捕らわれないほどの強い愛。これほどまでに純度の高い愛情が純愛でないわけがないでしょうに——

と言ったら担当に猛反発を喰らって渋々、渋ッ々『不純愛ラブコメ』を名乗ることにした『いもキス』の作者海空りくです。こんにちは。

でもいいよね。自分のことが大好きな可愛い恋人がいるのに、恋人と同じくらい自分を好きな子に迫られるの。その女の子達が大親友とかだったらもう最ッ高ですよね（最低の発言）。

そこに至る葛藤とか、その事実を知ったヒロイン同士の戦いとか、なんていうか、このジャンルのラブコメでしか表現できない情緒がたくさんあると思います。

中でも『いもキス』で力を入れたいのはあらすじにも書いている『彼女に言えないラブコメ』という部分で、彼女不在の場面で、彼女じゃない、でも彼女と同じくらい可愛くて自分のことが大好きな女の子に、ちょっと過激なスキンシップや甘い言葉で、理性とか道徳とかそういう建前をぐずぐずに融かされ、駄目だ駄目だと思いながらでも相手の愛情の大きさや可愛さに強く抵抗も出来ずだらだらと堕落していく……そんな過程をねっとりと描いていきたいと考えています。

とりあえず一巻で人間関係の構築は終わりました。時雨を拒絶できなかった時点でこの世界線の博道君はもうダメです（笑）。二巻からは一巻以上に彼女に言えない二人の同居生活を描いていくので、楽しんでいただければと思います。

とはいえその二巻も読者の皆さんが応援してくださってこそのもの。だからこそ、今こうしてこの本書を買い、読了し、あとがきを読んでくださっている読者さんには感謝の言葉しかありません。どんな作品でも買って読んでくれている皆さんがいるからこそ続けられているのです。『いもキス』のような王道から外れたマニアックな作品は特に。本当にありがとうございます。本書を読んで時雨ちゃんと一緒に堕落したいと思ってくれた人はこれからも応援してくださると、とても嬉しいです！

——以下は謝辞になります。

さばみぞれ先生。もうこれ以上ないくらいドンピシャな表紙絵で本作の顔を飾っていただきありがとうございます！　やっぱりさばみぞれ先生の女の子は唇がとっても素敵ですね！

この企画を通してくれたＧＡ編集部と担当さんもありがとうございました。純愛の定義については袂を分かちましたが！　これからもよろしくお願いします。

そして最後に本書を読んでくださった読者さんに最大の感謝を。そして二巻のあとがきでまた逢えることを願って。海空りくでした。

ファンレター、作品の
ご感想をお待ちしています

〈あて先〉

〒106－0032
東京都港区六本木2－4－5
SBクリエイティブ（株）
GA文庫編集部 気付

「海空りく先生」係
「さばみぞれ先生」係

本書に関するご意見・ご感想は
右のQRコードよりお寄せください。

※アクセスの際や登録時に発生する通信費等はご負担ください。

https://ga.sbcr.jp/

カノジョの妹とキスをした。

発　行	2020年4月30日	初版第一刷発行
	2022年9月1日	第六刷発行
著　者	海空りく	
発行人	小川　淳	

発行所　SBクリエイティブ株式会社
〒106−0032
東京都港区六本木2−4−5
電話　03−5549−1201
03−5549−1167（編集）

装　丁　AFTERGLOW

印刷・製本　中央精版印刷株式会社

ISBN978-4-8156-0631-2
Printed in Japan
GA 文庫